公元787年，唐封疆大吏马总集集诸子精华，编著成《意林》一书6卷，流传至今

意林： 始于公元787年，距今1200余年

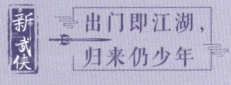

出门即江湖，
归来仍少年

江湖之綠蓑披

一两 作品

一两

吉林摄影出版社
·长春·

图书在版编目（CIP）数据

一两江湖之绿离披 / 一两著. -- 长春：吉林摄影出版社，2018.8
（意林新武侠）
ISBN 978-7-5498-3686-4

Ⅰ.①一… Ⅱ.①一… Ⅲ.①长篇小说-中国-当代 Ⅳ.①I247.5

中国版本图书馆CIP数据核字(2018)第154294号

绿离披
LV LI PI

著　　者	一　两
项目出品	意林新武侠
出 版 人	孙洪军
主　　编	顾　平　杜普洲
责任编辑	施　岚　孙　瑜
总策划	蔡　燕
丛书统筹	黄　磊
策划编辑	黄　磊
特约编辑	车克家
设计总监	资　源
封面设计	徐　丹
美术编辑	孔凡雷
发行总监	王俊杰
开　　本	880mm×1230mm 1/32
字　　数	200千字
印　　张	7.5
版　　次	2018年8月第1版
印　　次	2018年8月第1次印刷

出　　版	吉林摄影出版社
发　　行	吉林摄影出版社
地　　址	长春市泰来街1825号
	邮　编　130062
电　　话	总编办　0431-86012616
	发行科　0431-86012602
网　　址	www.jlsycbs.net
经　　销	全国各地新华书店
印　　刷	三河市宏图印务有限公司
书　　号	ISBN 978-7-5498-3686-4　　定　价：29.80元

版权所有　翻印必究
如发现印装质量问题，请与承印厂联系退换

序

十年后,那个更好的自己

一

2007—2017年。

十年。

在这十年里,你做了些什么呢?

我猜,你上了一些课,考了一些试,认识了一些有趣的人,去过一些好玩的地方,吃过一些好吃的东西,听过一些好听的情话……2007年你还小,2017年你已经长大;2007年你还年轻,2017年你已经变得成熟。

十年啊,这么快,又这么长。

我在2007年的时候,在网络上传了我的最新系列——"一两江湖"。当时只当是编辑分派的额外任务,一面懒洋洋上传,一面嘀咕明明只有埋头码字才是正事。

那时候的我,完全没有想到十年后还有很多人因为这个故事陪在我身边,在我每一次打滚求抱求安慰的时候,都在。

从不离开。从不拒绝。

日复一日，年复一年，花开花落，花落花开，一直到了2017年。

2017年的春天里，黄磊告诉我，他要重做"一两江湖"系列。

对，他说的是"要"。帅爆了是不是？

于是，"一两江湖"系列重做了，你看到了这本书。

二

用自己的名字来命名这套书，大概是我做过的最任性又最正确的事情。

"一两江湖"系列这名字超赞的是不是？（说"是"。快。）

就像我已经想不起来"一两"这个名字的来历一样，我也不记得当时为什么要取这个系列名了……做设定的时候，就是想写一个没有刀光剑影，专职谈恋爱的江湖。

小时候看古龙的武侠小说，江湖恩怨全当浮云，最动心处莫过于男女主角谈情说爱，最闷心者莫过于男主角和好几个女主角谈情说爱，合上书常常感到意犹未尽——这大概就是我会拿起笔的原因。

"一两江湖"系列是我为自己织的梦。

梦里有我最爱的人物，最爱的风景，最爱的食物，最爱的情怀……所有我喜欢的，一股脑儿塞进来，满满胀胀，满心欢喜。好爱它。

每个人心底都有这样的梦吧？

如果问我2007年以前最正确的人生决定，毫无疑问是写了"一两江湖"系列。

那么2017年的实体书出版显然是最幸运的人生礼物。满足地笑。

三

鲁迅先生说,写出来是为了忘却。

是的,在文末画上的最后一个句号,就是和书中人物说的一声"再见"。

现在,真的再见面了。哈哈。

《红线引》《绿离披》《菩萨蛮》《锦衣行》《染花身》《风荷曲》《发如雪》《琵琶误》《望星记》,包括一直想写而未写的《玉萝姬》……"一两江湖"的故人们,没想到,我们还有再见面的一天。

原版因为有字数限制,有些情节来不及展开,或者是以我当时的水平没有能力将其展开,在新版里都相应进行调整,补充原有的枝干,使其焕然一新,有了独特的光彩。你读它,无论是旧友还是新知,都会获得不一样的感受。

改稿是多么痛苦的事啊,可以排进人生苦恼的前三名!可是这一次,我拿起笔,不是和痛苦相遇,而是和过去的故事相遇,和过去的人物相遇,并最终,和过去的自己相遇。

隔着光阴的屏障,我在这端,她在那端。

相视,微笑。

有时候好想抽打她,"太烂了怎么能写成这样";有时候又想抱住她,"呜呜呜,写得好好,你怎么做到的"……

时刻精神分裂,甚是销魂。

四

十年来我所干的事情,总结起来,就像是从花朵中提取香氛,制成香水。我搜罗所有能捕捉到的一切,柔和的风,清凉的雨,盛开的花,初升的月,牵手时彼此掌心的温度,相视时眼底的温柔……从里面汲取出一丝丝美好,提炼成文字,变成故事。

爱与生命的重量,这个主题我想我会永远写下去。

当你合上书,会想抱一抱身边的人,或者,找一个人好好抱抱,又或者,只是单纯觉得风很柔和天气很好——谢谢你,这就是我想要的全部了。

五

拿起这本书的你,是十年前的老朋友,还是十年后的新朋友?

如果你当年恰好读过,而今天又刚好拿起,那么,来抱一个吧!为十年前的相遇,也为此时此刻的重逢。

如果这是我们第一次相遇,那么,感谢你选择这本书,希望书中的爱与感动不会让你失望,能陪伴你度过一段悠闲的时光。

让我们从这里开始,一起走下去好吗?

走过下一个,更好的十年。

一起预约十年后,那个更好的自己。

十年后依然十八岁的一两

目录

第一章　鱼篮山　001

第二章　龙蟒　019

第三章　阿南　037

第四章　恩怨　055

第五章　苏州李家　075

第六章　十二年前　095

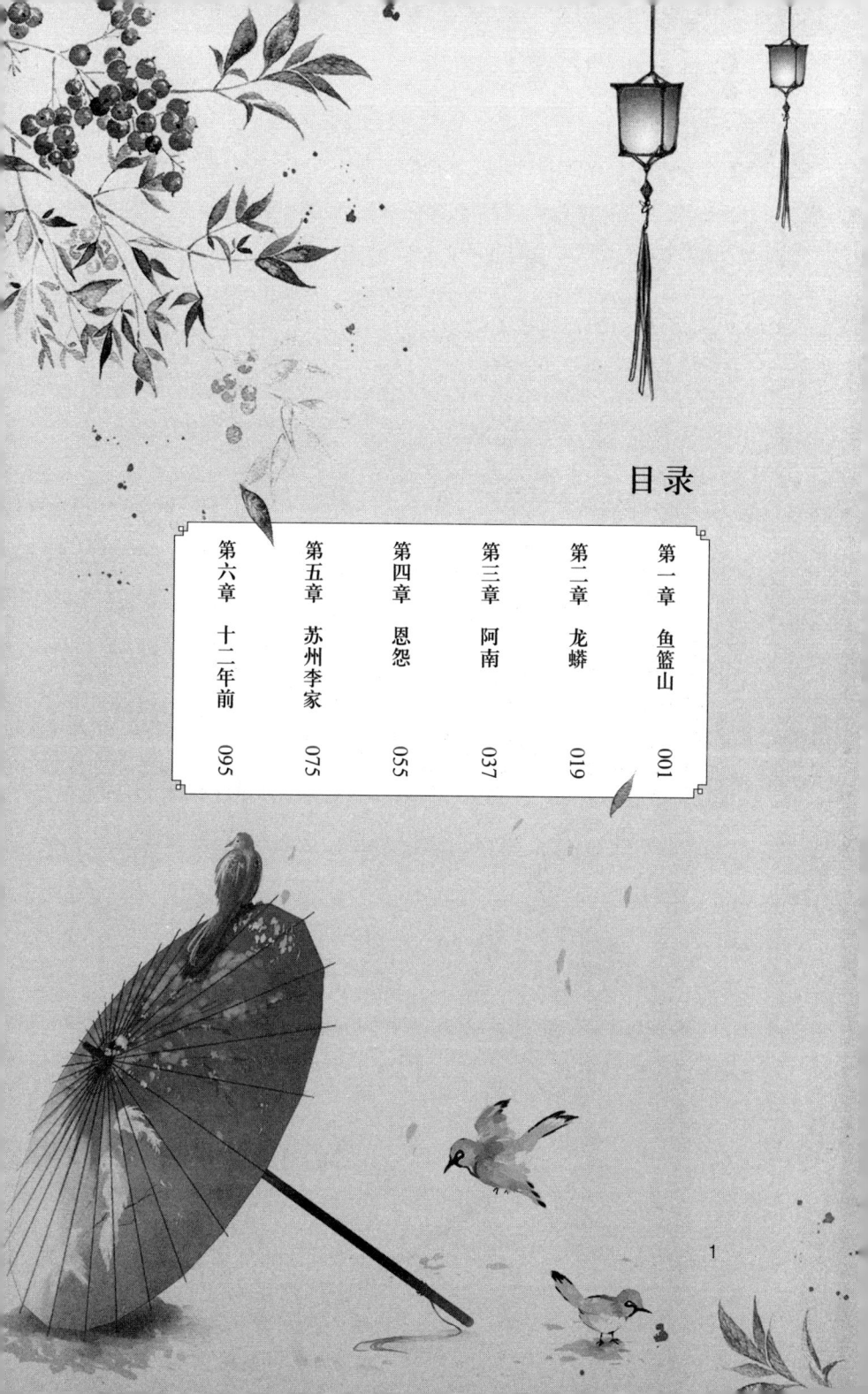

第七章　婚礼　113

第八章　爱与重生　141

尾声　幸福，有如奇迹　163

小剧场·糖桂花　167

练最高明的武功,
喝最好的酒,
做最有名的侠士,
娶最贤惠的妻,
这是他一生的梦想。
为此他远赴南疆,摘取绿离披,
就在那飞鸟难至的鱼篮山上,
遇见一个没有名字的女子……
从此,开始他一生的灾祸、血光……还有——
爱情……

第一章 鱼篮山

七月的南疆,宛如湿热的蒸笼,山野间的古木藤蔓,在日照下蒸腾出沛郁的岚泽。岚泽被天风鼓荡,汇向上空,那绚丽的云霞,仿佛因此而来。

时近黄昏,云霞在西天涌动变幻,好似一幅灿灿彩锦,光泽耀眼,天下的苍翠山峦,都被它染上了融融红光。

独有一座山例外。

庞大连绵的山体,宛若怒吼的江涛,高于其他山峦数倍不止。高耸的浪头托起一座山峰,形状便似一只不甘于水泽、渴望凌于高空的鲤鱼。看它拼尽力气一跃,身子笔直向上,鱼尾犹沾着浪花,张开的鱼嘴似乎正发出欣喜的呼唤。

那便是鱼篮山。

南疆第一高山。

在南疆的古老传说里,鱼篮山,是鱼篮观音入世化身飞天之时留下的。观音圣相脱胎而去,鲤鱼化身不甘再堕江海,奋力一跃,直上九霄,一触云雨,便化为龙。

鱼篮山的顶峰,名唤"天龙池",里头住的,便是当年鲤鱼化作的云龙。

遇到旱涝荒年，当地苗人会用全牛全羊祭献。因怕惊扰了龙神的怒气，全寨的人只是匍匐在山脚，将祭品献上。

哪怕是平日，最英勇的猎人也不敢上山砍伐，最调皮的孩子也不敢拉着鱼篮山上的藤条往上爬。

那是禁地、圣地，不可触犯与亵渎之地。

然而此刻，斜阳却在鱼篮山陡峭的山壁上，照出一个人影。

人影身形轻捷，不亚于灵猿。只见他手上拉着一条藤蔓，足尖在山石上轻轻一点，身子已经飘然而起，每当原先的藤蔓长度不够时，他立刻换手，抓住头顶上的另一株粗藤。

生长着各种叶子的藤萝依附着地面与古树，把鱼篮山围成一个森森然的世界，植物特有的腥气与香气混成一种奇异的味道，弥漫在这杳无人烟的高山中。

爬到半山的男子仰头看了看上面——入目之处，仍然是直插入云的山壁，苍绿藤萝与树木的空隙里，露出几片岩石的色泽——他已经爬了半天，而那传说中的"天龙池"，还在遥不可及之处。

男子眯了眯被斜阳刺得发花的眼，嘴里不客气地吐出一句脏话。

身子凌空一旋，原本握在手里的藤蔓就缚到了腰上，空出来的手从腰上取下一只酒葫芦，他直起脖子灌了几大口。不到片刻，原本能装三斤酒的葫芦就空了。他晃了晃，最后一滴酒滴入唇间。这才不舍又无奈地把葫芦拴回了腰上，一面自语："下次该换个能装五斤的……不，十斤的……"

斜阳照在他年轻的脸庞上，刻画出轮廓明晰的侧影。他穿得破破烂烂，头发也乱七八糟，背着一把大刀，红缨在肩头飘摇不已——如果把这把刀换成几只破口袋,活脱脱就是个丐帮好汉。然而他的一双眼睛异常明亮,几口酒一下肚,似乎更亮了,他握住藤条,大喝一声:"起!"

身子竟然如有神助,凭空拔高了丈许,紧接着,又在半空换了好几种身法。若旁边有武林中人,一定不敢相信自己的眼睛——就在这边陲之山中,就在这看起来落魄的男子身上,居然同时看到了本来分属少林、武当、雁荡、春水甚至千空如意岛上的轻功身法。

停下来的时候,男子"嘿嘿"一笑,似乎也对自己的身法表示满意。

就在这个时候,他忽然看到一样东西,倏地垂了下来。

一根绳子。

编得又紧又密,麻丝混着软皮,居然还是根极考究的绳子。

难道是那只鲤鱼化成的天龙,看他爬得辛苦,所以伸根绳子下来,拉他一把吗?

当然不是。绳子飞快地垂了下去,似乎底端垂了什么重物。

再拉上来的时候,绳子上多了一样东西。

一只椿箱。

一只小小的、精致的红木椿箱,分作两层,还雕着雅致的山水人物,隐隐飘出饭菜的香气。

难道,这是天龙的晚餐?

他就那样挂在一旁看着,忽然松开了手里的藤蔓,抓住那根绳子。

绳子登时往下滑了一大截,他却没有半丝担心。

就算掉下去,他也能抓住别的藤蔓。

就算抓不住藤蔓,他也能在落地时一掌击下,将自己反弹到某棵树上。

就算这也不行，那摔就摔吧。岑夫子传给他的大本阳功力，除了上次给书呆子楚疏言疗伤之外，还没正经用过呢！

要是这都顶不住，那么二十年后又是一条好汉。第一件事就是要到问武院把岑夫子的课堂拆了——这么不顶用的大本阳，还敢号称是比金钟罩更上一层楼的护体功力，简直是在玩他。

换作别人，一定要先想一下，那位二十年后的好汉，是否还记得上辈子的夫子？

然而他不。

因为他是莫行南。

问武院最优异的学生，辛卯身刃状元，师长们最得意的弟子，敌人最可怕的对手，莫行南。

还是用他自己的话来介绍他吧！

"我就是行侠仗义、打抱不平、喝酒与打架不要命、拜师与娶亲不花钱的背月关刀——莫行南！"

绳子的坠势很快稳住了，开始缓缓上升。

这样上来，可比爬藤条轻松多了。他惬意地抱着绳子，悠然地看着脚底下那些平缓低矮的山峦、盒子似的吊楼……连炊烟看起来都像是老太爷烧出来的旱烟……一切，都那么渺小。

不知过了多久，顶峰已然在望。

莫行南把椿箱举过头顶。就见一只手伸过来握住了绳子，一个带着些疑惑的声音道："奇怪，今天怎么这么重……"

一个"重"字还没有落地，莫行南已经翻了上来，一手扣住那人的脉门！

那是个年近五旬的妇人,穿着蓝布衣裳,头发用蓝布包起,手腕与脖子上的银饰晃得叮当直响,向他怒喝道:"毛手毛脚干什么?差点儿打掉饭!"

她穿得普普通通,长得普普通通,武功更加普普通通,被人一手扣住脉门,半边身子动弹不得,骂起人来居然半点儿也不含糊,好像这人是她儿子,老娘骂儿子,再自然不过。见他怔住,她又道:"还愣着干什么?快把饭菜送到殿里去!你想让圣女娘娘吃冷饭吗?"

"圣女娘娘?"莫行南忍不住问,"难道我看上去像帮你送饭的人吗?"

妇人翻了翻白眼:"我管你是什么人?不管怎样圣女娘娘要吃饭了,你扣着我,那你就去送吧!送完了饭,你想干什么就干什么,我懒得管。"看他半天没反应,妇人的怒气又来了,"你们这些人,上来不就是为了找那样东西吗?还站在这里充什么二愣子?"

就算是来讨酒账的老板娘,也没这么凶,莫行南对她简直佩服得五体投地,松开了她。她揉揉手腕,弯腰拎起椿盒,转身就走,忽然回过头来,向着东方遥遥一指:"你要的东西就在那边,拿得走拿不走,就看你的运气了。"

她所指的方向是片浓密的树林。然而走近了,才发现,整片林子,只有一棵树。

树的根须无处不在,密密地扎入地下。枝叶交缠,一走进来,便隔绝了所有的月光、星光,只有一团浓墨般的黑。

虽然黑,却不妨碍他的视线。那双明亮的眼睛仿佛夜色中的星辰,他很快辨清了方向,施展身法,径直向前去。

不知花了多长时间,走出那片密林,才踏出去,脚下忽然一空,回身之际,兀自传来"沙沙"的声响,那是方才立足之处的泥沙,松垮地塌陷下去。

原来面前竟然是个深渊,星月暗淡,只瞧见黑咕隆咚一个洞口——以他的修为,在那样的密林中都可以通行无阻,然而到了这深渊面前,却派不上用场。

真正的黑。不见天日也没有天日的黑。灭绝了希望的黑。

要是一般人,踏过去收不回脚,就会像那些泥土一样,填了这无底深洞。那妇人的心肠,还真不是一般的狠毒。

——那东西,真的,在这深渊里面?

渊口静默,一丝丝看不见的寒气,从里面逸出来。寒气似乎有自己的意识,化成一只无形的手,要把莫行南拉下去。莫行南的身体受着某种招引,不由自主,有跳下去的冲动。

然而这样跳下去,十有八九,会没命的。

莫行南想到了那条拉椿箱的绳子。

既然可以伸到山底拉饭菜上来,一定也会让他下到渊底——这个大洞,总不会比这座山还深吧?

这么一想,他立刻行动,不再像原先那样穿越那浓密的独木林,而是直接从树木上飞掠而过。

星光朦胧,照得四下里虚幻若梦。他人如飞鸟,足尖在树木之上轻点几下,已经掠到方才上顶峰的地方。

绳子缚在一只转轮上,莫行南把它解了下来,团在一起。他将绳子的一端紧紧系在一根粗枝上,打了几个死结,拉了拉,放心了,正要抱着绳子往下跳,忽然传来一个声音道:"太短了。"

第一章 鱼篮山

这声音缥缈不定，似乎遥不可及，又带着一丝喑哑生涩，似乎很久不曾开口说话。

莫行南四处一看，不见人影："你是人是鬼？"

四周寂寂，星光冷冷，草木在夜晚的露气里散发出凛冽的香气，莫行南的耐心很快耗尽，抱着绳子又要往下跳，那声音重新响起，依然是冷冷的、涩涩的："你过来。"

"你在哪儿？"

"往左走。"

莫行南皱了皱眉，往左走。左边是一片烂漫的花海，开着不知名的花朵，发出甜甜的香气。过了花海，是岩石耸立的小小山坡，过了山坡，便看到一座房子。

那屋宇雕梁画栋，华丽得不似人间所有。淡淡的灯光，便从里面透出。

大门无声地打开了，那名老妇人提着灯笼走出来，神色古怪地看着莫行南："圣女娘娘请你进去。"

屋内布置，无一不华丽精雅到了极点。

屋子里的桌椅茶几，在灯光的照耀下，散发出淡淡的柔和光泽。一名瘦削的黑衣女子坐在椅子上，整张脸都在黑色的面纱之后，只露出一双眼睛。

那双眼睛，仿佛是暗夜中的湖泊，看不到边际，也看不出深浅。看上去空无一物，却又包含所有。

她就这么静静地打量着莫行南，这样的目光任是落在谁身上，都不会叫人太舒服，莫行南却直视她的双目，忽然道："可惜，你不是个高手。"

他渴望遇到高手，不同的高手，才能激发他不同的潜力。

而眼前的女子，内力微弱，正对他而坐，全身毫无劲气防护，比之那名仆妇还不如。

女子没有说话，半晌，才开口道："今年，你是第三十九个。"

莫行南不解："什么？"

"第三十九个上鱼篮山的外人。"她顿了顿，接着道，"前面三十八个，无一例外地死了。"

莫行南笑了，这一笑，他整个人都亮了起来："但是我活着。"

"你若是跳了下去，现在已经是个死人了。"女子的语气里不无嘲讽，"天龙渊深不可测，那根绳子，刚好把你送到龙蟒的嘴里。"

"龙蟒？"

"是蛟龙和蟒蛇交配所生的怪物。"女子的眼睛里掠过一阵厌恶，还有一丝恐惧，"却也是绿离披的守护神。"

绿离披！

这三个字让莫行南的眸光一震！

四年一生根、四年一抽叶、四年一开花，生长在极阴之地的奇花异草，十二年才现一次的绿离披！

这传说中能肉白骨、活死人的灵丹圣药，正是他此行的目的所在。

那女子淡淡地道："你很想要？"

"我为它而来，当然想要！"莫行南站了起来，"我也不和你动手了，告辞！"

"呵呵呵……"女子发出一阵阴森的低笑,"可笑的人啊,你打算送去给龙蟒果腹吗?"

莫行南一扬眉,眼中有说不出的豪情义气,他大笑道:"难道我会怕一头畜生吗?"

女子依然低笑:"你的武功很高吗?"

"不算太高,但杀一条蛇足够了。"

"比起苍山剑客洛远、凤飞刀蓝朝霞、千空仙子郑玉波,如何?"

莫行南想了想:"我的武功或许和他们不相上下,但那几位都是江湖前辈,比起临敌经验来,我肯定不如。"

女子点点头,接着问:"那比起罗娑教阿度兰芳、沉水宫君子剑兰夫妇、万影神偷如意子如何?"

莫行南沉吟:"也许再过个八九年,或许有得一比。"

女子笑了,看不到她的笑容,却看得见她眼眸之中冷冷的笑意:"但这些人,都已经葬身在龙蟒腹中了。"

"什么?"莫行南吃了一惊,"近来没见这些前辈在江湖中走动,原来都……"

"死在这里的人多着呢……名字我也记不完……"她以手支颐,似乎有些倦乏,"你又叫什么名字呢?"

"但是有个名叫长青子的前辈,你怎么不提?"莫行南答非所问,他一笑,明亮的眼睛如阳光一般温暖耀眼,"十二年前,长青子独身上了这天龙池,毫发未伤地带走了绿离披,送给他挚友的妻子治病。而那时,他还不到三十岁。"说着他傲然一笑,"我从问武院毕业第一件事,就是去找长青子前辈挑战。虽然不到二十招便被夺了兵刃,但若给我十二年,我便是今日之长青子的对手。可以想象，十二年前的长青子，和此时此刻的我，相差不到哪里去！既然别人可以做到，我也可以！"

他说完，转身而去。走到门口的时候，他回过头来，道："至于我的名字，等我从那深渊里出来，再告诉你！"

他大步流星地出门，身形洒脱无比，那样子，不像以身犯险，而是去一家有着美酒佳酿的人家赴宴，破破烂烂的衣衫，乱七八糟的头发，忽然就在这洒脱的身形上得到了另一种光芒，他的背影，看起来竟有一种叫人难以逼视的风火豪情。

在生死中走过，从血与火里脱身，还能粲然一笑。这便是莫行南想要的。

似乎被这样一种情愫感染，黑衣女子忽然站了起来，道："慢！"

莫行南回过头来。

女子的眸光，在灯光下变幻无穷，仿佛下了极大的决心，道："我们来做个交易。"

"什么交易？"

"我帮你去取绿离披。"

"哦？"莫行南将信将疑，"恕我不客气，你的武功，似乎还不如我……"

"武功比你高的人，还不是死在这天龙池上？"女子冷冷一笑，"至于你说的那个长青子，我不知道他是用什么法子带走绿离披的，但绝不是直接跳下去摘的。"

莫行南想了想："先说说你的要求。"

"你帮我做三件事。"

"哪三件？"

"第一,去杀了那送饭的老妇。"

莫行南吃了一惊,简直怀疑自己听错了:"什么?"

"有她在,我们的计划就没法进行。如你所料,我非但不是高手,甚至连她也打不过。"

"可她……不是你的人吗?"

"她是光阴教的人。"

"光阴教?"莫行南又吃了一惊,光阴教是化外之教,当年统一武林的神秘高人与当任教主约定,光阴教不受阅微堂管束,亦永不犯中原之地,"这跟光阴教又有什么关系?"

"你当真是什么都不知道就闯进来了……"女子的语气嘲讽而冷漠,"绿离披是光阴教的圣物,每隔十二年的八月十五,教中就派人来取。"

莫行南摸摸头,大感不解:"这是光阴教的东西?那这里怎么一道关卡也没有,我就这么上来了?"

"绿离披自有龙蟒守护,人力又有什么用——"说到"龙蟒",她的眼中再一次露出那种又是厌恶又是恐惧的神情,道,"今天七月初十,时间已经不多。这个月月圆之日,我们就得拿到绿离披。因此这第二件事,就是这五天之内,你必须照我的话去做,一丝一毫都不能错。"

"第三件呢?"

"第三件,就是,就是……"她说着,眼中就有了泪意,"带我回家。"

"你的家?在哪里?"

黑衣女子的肩头轻轻颤抖,半晌才平复下来:"我也不知道……我在五岁的时候来到这里,从前的事情都不记得了……但我记得我家里有个好大的院子,院子里有秋千,有蝴蝶,我娘身上总是香香的,她爱穿绿色的衣裳……还记得一种糯米圆子,甜甜的,软软的……"

她睁大眼睛,努力地回忆着,然而眼中汇聚的是越来越多的空茫,还有哀伤。在那一刻,这个冷漠的、刻薄的、古怪的女子,仿佛忽然缩小成一个五岁的孩子,眼中满是陌生的空洞和恐慌。

她的模样激起了他的侠义心肠,莫行南几乎立刻道:"我答应你。"紧接着,又道:"你放心,就算拿不到绿离披,只要我活着,就送你回家。"一面说,这位行侠仗义的少年侠客脸上就有了怒气,"光阴教居然拐人幼童,真是天理不容。"

那模样,似乎想一刀挑了光阴教总坛。随后略一寻思,向那女子道:"我发誓不杀妇孺,这样吧,我们将她关起来便是。"

那女子点点头:"好。"

正说着,门外忽然响起衣袂之声,莫行南飞身追出去,却见那名妇人从旁逸出,看来一直在偷听他们谈话。

莫行南最得意的就是轻功,眨眼工夫便追上了她,点住她的穴道,带回屋内,道:"你别怕。我不会伤你。只是这几天你恐怕都要待在这里面了。"

"你这个傻子!呆瓜!被人送进鬼门关了都不知道!"老妇人劈头盖脸一通乱骂,"她要害你!"

"啪"!黑衣女子忽然扬手给了她一记耳光,森然道:"你说什么?"

"我还不知道你吗?你做梦都想离开这里,这下好了,有个替死鬼……"她说到这里,却再没来得及把话说完,鲜血缓缓地溢出嘴角。

第一章 鱼篮山

一柄明晃晃的刀插进了她的心窝，又快，又准，又狠。

莫行南吃惊地看着那黑衣女子，她居然从他背上拔下了刀，又在他面前把答应不杀的人给杀了。

女子倏地把刀拔出来，递还给莫行南，似是解释："我不能让任何人挡住我回家的路……"她看着他，目中满是哀伤，"我真的，很想回家。很想，很想。"

莫行南没法对这样的目光硬起心肠，所有的不满也只是微微皱了皱眉，接过了刀。

女子似乎松了一口气，道："来，让我看看你有多快，好吗？"

仿佛那三件事的交易一定，他就成了自己人似的，她冷漠的声音柔和了不少，连语气也缓和起来。

说着，她飘然地掠到了对面山坡上，遥遥道："过来吧！"

然而莫行南的身子，却一点儿也动不了。

那一刻他瞧见了世上最高妙的轻功。

她双袖轻扬，如鸟在风中一样轻盈，如鱼在水下一样灵动。刚刚从他身边过去的仿佛只是一个轻而薄的影子，甚至只是一阵清风。她站在对面山坡，黑纱轻摆，有若谪仙。

不知过了多久，他才提气掠过去，刚落下，便问："你这是什么轻功？"

她微微一笑，眼中似有嘲讽："逃命的轻功。"

"叫什么名字？怎么练的？"莫行南看着她，如获珍宝，如痴如狂，啧啧赞叹，"我今天才知道什么叫人外有人，天外有天，就是唐从容看到你，也要叹一个服字！"

"唐从容？"

"是啊,那小子现在是唐门老大,号称轻功江湖第一,在自己住的地方开了个十丈阔的湖,种满荷花。传言有人去找他就要从水面上过,还不许踏坏他的荷花。"

"那你去过吗?"

"嗯……"莫行南没面子地低了低头,"去过。可惜就差三丈,掉湖里了。"

她"扑哧"一笑,眼睛里溅出点点星光。

莫行南又呆了呆,他不是第一次看她笑,然而他相信,这是她第一次真正的笑容,发自内心的笑容。因为她的眼睛里没有冷漠、没有嘲讽,只有明亮的星光。

见他这样,她低低咳嗽一声,道:"我这样的轻功,你想不想学?"

"想,想!"莫行南点头如捣蒜,"傻瓜才不想。"

不过一个晚上的工夫,莫行南只觉得轻功不止上了两层楼,对于她,真是佩服得五体投地,道:"你居然创得出这样高明的武功!了不起!了不起!"

黑衣女子仰首望着渐渐泛白的东方天空,微微眯了眯眼,缓缓道:"倘若你是我,你一定也知道怎样才能跑得更快。"

"哦?"

"第一,你这把刀,不必背在身上。"

"这是我的兵器!"莫行南连忙道。

"记住,这是逃命的轻功。当你不得不逃的时候,兵器就是负担,尤其是你这种沉重的兵器。"

莫行南哈哈一笑:"我不会逃命!我莫行南只有被别人打死,

却不会被别人吓跑。"

"你叫莫行南?"黑衣女子的目光在他身上一转,顿了一顿,道,"这么快就忘记答应过的事了吗?"

莫行南抓抓头,迷茫。

"我说过,在这五天之内,你什么都要听我的。现在,我要你学会这逃命的轻功。不要打,只是逃。"

"为什么?"莫行南讶异。

"不要问为什么。"她的神情有片刻的哀伤,转眼又冷漠起来,"只要记得你答应过我就好。"

莫行南怔了怔:"逃命就可以拿到绿离披?"

"你负责逃命,我负责去取绿离披。"

"这怎么行?"莫行南差点儿跳了起来,"我堂堂男子汉大丈夫,怎么能让你以身犯险,自己反而开溜?"

黑衣女子沉默了,半晌,她抬起头,目光停在他脸上,一瞬也不瞬:"莫行南,你发誓:七月十五的晚上,无论你遇上了什么,你只是逃命。如果做不到……"说到这里她顿了顿,问:"你要绿离披做什么?"

莫行南嘿嘿笑了笑:"那个……求亲。"

黑衣女子点点头:"好。如果你违背誓言,就永远娶不到你的心上人。"

莫行南想了想,断然道:"不行,这点我不能答应你。"

他笑的时候,嬉皮笑脸宛如一个调皮的孩子,正经起来的时候,浓眉之下自有一股严肃的力量,只听他道:"你还要回家,不能只身帮我去取绿离披。再说,绿离披拿不到也没什么,大不了我不娶她。"

这下换黑衣女子怔住了:"不娶她?"

"虽然她是这世上最贤淑最温柔最体贴的姑娘,但我不能用你的性命来换取自己的幸福。"莫行南很认真地看着她,道,"你逃命吧。我自己去取绿离披。要是活着,我带你回家。要是死了,麻烦你到扬风寨送个信,就说他们二寨主在鱼篮山挂了,以后逢年过节,不给我上香可以,千万别忘了在我灵前祭坛酒。"

黑衣女子怔怔地看着他,一双眼睛里眸光变幻不定,仿佛不敢相信世上有这样的人。蓦地,她一皱眉,刹那间又变成了最初见到的冷漠模样,冷冷道:"你已经答应我了,难道想违反誓言吗?我教你的身法口诀并不是全部,想学全,你只有照我的话去做!"

说完,她一拂袖,飘然去了。

那身姿美丽如同凌空飞渡的仙子,看得莫行南艳羡不已。

第二章 龙蟒

快到中午的时候,莫行南肚子饿了。虽然那神奇的轻功令他痴迷不已,然而肚子发出的"咕咕"声却十分真实地提醒他,他已经两顿没吃饭了。

可这山上,除了花就是草,就是树,就是石头,居然连个野果子也没有。

他想了想,回身到密林边取那根长绳——那老妇人不就是那样吊东西上来的吗?

到了密林边,绳子却不见踪影。

他"咦"了一声,转眼便又想到了。飞身掠过丛林,便见昨天上来的山峰边上,站着一个纤瘦的黑衣人。

山风猎猎,吹得她衣襟翻飞,那瘦弱的身子,仿佛挡不住这样的强风,眼看就要被吹下去。

莫行南连忙冲上去帮她拉绳子。很快,装着饭菜的椿箱被拉了上来。

莫行南冲她欢呼一声:"嘿,有饭吃啦!"才笑到一半,目光一扫到她的脸,蓦然止住了。

她头上虽然仍旧罩着黑纱,脸上的面纱,却已经摘下来。

黑衣女子淡淡地看了他一眼："怎么？我长得很丑吗？"

"没有没有。"莫行南连忙摇头，"你长得很漂亮，只是……只是……"

"只是什么？"

"好奇怪，我好像在哪里见过你似的，怎么这么面熟呢？"他一面说，一面摸头，一面皱眉思索。

眼前这张脸，眉眼斜斜上扬，有股说不出来的娇煞之气，鼻梁挺直而小巧，唇如樱花一般，只是颜色淡了点儿。不只是唇，整张脸都苍白无比，那种长久不见天日的苍白，在阳光下看起来竟隐隐发蓝。

这明明是一张陌生的脸，一张从未见过的脸，却有一丝说不出的熟悉。

"要是你看不惯，我再戴上面纱就是了。反正我也戴惯了，不管是不是所谓的圣女娘娘，戴着也无妨。"她居然出奇地好说话，肯体恤他，伸手把头纱拉到前面，挂在鬓边。

"不用，不用。"莫行南连忙道。

她一直惦着回家，这个圣女娘娘，肯定当得心不甘情不愿，所以旁边看守的人一死，她马上就除去这项束缚，莫行南索性伸手替她把头纱摘了，这才发现她的头发出奇地短，不仅比一般女子短很多，甚至不如他的长，简直像一个刚还俗不久的小和尚，头发才长出一层。

"呃……"莫行南抓着头纱的手尴尬地停在半空，拿开不是，帮她再戴上去也不是。

倒是她自顾自地从他手中取来头纱，自顾自地戴上，淡淡道："头发，也是轻功的障碍之一。"

第二章 龙蟒

"啊?"

"最快的速度,不能受一丝身外的影响。"

"难道还要光着身子吗?"

"正是。"

"啊?"莫行南真的给她吓到了,"有了你这样的轻功,还要光着身子跑?"

她没有说话,过了半晌才开口:"有些时候,别说衣服,你恨不得自己连肉都少长几斤。"

莫行南只觉荒谬。

她却没有再说下去,忽地盈盈一笑:"难道我们要在地上吃饭吗?"

虽然莫行南已经饿到了趴着吃也无所谓的程度,还是不好意思拂她的意,跟着她到了那幢华丽无比的房子里,坐下来吃开了。

她吃得很少,每样菜几乎只吃一点点。开始莫行南以为她客气,把饭菜都让给他,自己也不好意思吃太多。最后把所有饭菜分成两半,一人一半,她还是只吃很少,剩下的大半让莫行南大呼浪费。

她睡觉的方式也很奇怪,不是睡在床上,而是睡在横梁上。入夜的时候,还非要莫行南同她睡在一个屋子里,睡在那张华丽非凡的牙床之上。

莫行南尴尬地咳嗽一声:"呃,这个,这个……"

睡在横梁之上的她,高高在上地向他投去淡淡的一瞥:"你怕吗?"

"咳咳,不是怕,我怎么会怕?"莫行南不自在地搓搓手,"只是你我孤男寡女,这个,这个,传出去对你不太好……"

她似笑非笑:"谁传出去?你传还是我传?"

可不,这里只有他们两个人,这件事,除了天知地知,如果他们不说,的确再没有第三个人知道,可是莫行南仍然觉得不太好。他浪迹江湖,在哪里睡都无所谓,但内心深处,还是很怜惜这个五岁起就被关在这里的姑娘的。她虽然脾气古怪,也是人生遭遇所致,他真的不想做出令她名誉有损的事情。

女子在梁上,看到他面色一肃,知道他心中的道义占了上风,在他开口拒绝她之前,她飘然从梁上下来,脸上的神情,有着梦幻般的忧伤,她道:"如果我告诉你,我不敢一个人睡在这里,所以想请你陪我,你是不是也不肯?"

如果有人问莫行南怕什么,他一定会告诉那个人,他怕女人用这样忧伤的目光看着他,然后这样软语请求。

他是百尺钢,遇强愈强。可是一旦遇上了女人的这副神情,他就不由自主地成了绕指柔。

他在床上睡下了。

女子也在梁上安然睡去,黑色的衣角飘荡在半空,轻轻地随风拂动,仿佛是梦的涟漪。

原本头一挨枕头就能睡去的莫行南,忽然转辗反侧起来,憋了半天,忍不住问:"你睡着了吗?"

她的声音轻轻地从梁上落下来:"没有。"

"呃,这里的风很凉快啊……"他的嘴里忽然冒出这么一句话,自己也呆了呆,接着咳嗽一阵,"呃,呃,那个,你在上面凉不凉快?"

这句话一出来,他简直想拧自己一下,难道魔住了,怎么净说胡话?

第二章 龙蟒

梁上静了一静，半晌，道："你想说什么，就直说吧。"

莫行南吐出一口气，问："呃，你……你叫什么名字？"

要知道，这可是他第一次和女人单独睡一间屋子里啊，总不能连对方叫什么名字都不知道吧？

"我没有名字。"她淡淡地说。

"啊？"

"小时候的名字，我记不得了。在这里，别人叫我圣女娘娘，这个名字，我讨厌都来不及。"

莫行南沉吟了一下："那我总得有个名字称呼你吧？"

"随便你，叫什么都行。"

莫行南讪讪地翻了个身。

七月十四。

这天练完轻功，黑衣女子盯着莫行南看了半晌，忽然道："你有什么心愿？"

"心愿？"莫行南呆了一呆，"你问哪一个？"

"你有很多心愿吗？"

"那当然。"莫行南一扬眉，两眼晶亮，"我要练最高明的武功，喝最好的酒，做最有名的侠士，娶最贤惠的女人！"

女子有片刻的沉默，垂下眼，道："可惜。"

"可惜什么？"

"可惜这些心愿，我都不能代你实现。"

"干吗要你代？"莫行南睁圆了眼，诧异，"武功我自己练，侠士我自己做，酒当然也自己喝，呵呵，老婆嘛，自然更要自己娶。"

女子不答，过了半天，她抬起头来，似乎下定决心似的，道："好吧。到时候，我会搜罗天下最精妙的武功秘籍和天下最好的美酒送给你。侠士……我是真的没办法帮上你了，不过你看中的那位姑娘，叫什么名字？家住哪里？"

"她叫李轻衣。家住苏州。"虽然没听明白她是什么意思，莫行南还是老老实实答了，末了迷惑地问，"干什么？"

她点点头："好。我会找到她，不许她嫁给别的男人，让她一生一世只守着你一个。"

莫行南真是一头雾水："喂，喂，你到底在说什么？"

她再一次看着他，目光如黑夜的湖泊，无边无际，她没有回答他的问题，只是道："你过来。"

她把他带到了屋顶之上，指着深渊的方向，道："亥时三刻，你在那儿练一套拳。渊底如有异动，你就马上逃开，用你最快的速度跑，绝对不可以回头。无论追你的是什么，你都不能反击。你从这山坡，跑到那边，然后，经过那片山岩。"

莫行南顺着她纤细的指尖望去，只见两块巨石面对面而立，石壁光滑如镜，中间夹着一条小径，长满花草。

"这条路线，一定不能错。"她郑重地重申一遍，落在他脸上的目光忽然又变得忧伤而悲悯，她道，"莫行南，你是我最后的指望。如果你不行，那么……"她的身子轻轻一颤，就有泪珠从眼眶里滚了出来。

她的脸色苍白无比，泪珠被阳光一照，却泛出五彩晶莹，美丽不可方物。脸苍白，泪重彩，奇异的反差带来奇异的美感。莫行南忽然觉得那滴泪似乎要滴进他的心里去，又好像要从心里流出来，整个人居然有莫名的酸楚。他大笑两声，驱散这怪异的情绪，拍拍

第二章　龙蟒

她的肩,道:"放心,放一万个心。既然我答应了你,就一定会做到。"他认真地看着她,"我一定,会送你回家。"

她的脸上有了笑容,然而这笑容如此微弱,似乎一阵风就能吹散,她轻轻地道:"莫行南,答应我。无论如何,一定,一定要用你最快的速度,一定。"

莫行南重重地点头。

在她带泪的笑容面前,他仿佛觉得,无论她说什么,他都应该点头才是。

晚上,一轮明月迟迟从天边升起。

在这绝顶之上,月亮似乎离人间也近了许多,不像平时的淡白一轮,看上去巨大而明黄,隐隐看得见龟裂的纹状。

月轮缓缓地升上来,挂在天龙池之上,触手可及,又高不可攀。

莫行南只觉得这轮圆月似乎带着妖异的力量,不似平常所见的冰清玉洁。

他忍不住问:"为什么摘绿离披要挑八月十五?跟月亮有关系吗?"

"因为那时,是月亮最亮的时候。万物生灵,都会被它的灵光招引。在深邃的地底,也能感应到它的光芒。"月光明亮地照着她的脸,给这斜飞的眉目笼上一层明媚的光彩,然而她的声音仍然涩淡,面容仍然冷漠,她道:"今天虽然比不上那一天,但也足够我们达成目的。"

她顿了顿,忽然道:"脱。"

莫行南一愣。

"把衣服脱了。"她说着，随即一口咬向自己的手腕！

莫行南大吃一惊，出手如风，他的武功高于她甚多，一出手便格住了她的脖颈。

"你难不成以为我要自尽？"她似笑非笑地看着他，明月下，她的眼瞳幽深，不可见底，"我要你脱掉衣服，然后，浑身涂上我的血液。"

这样古怪的行径让莫行南深深皱眉："干什么？"

"你忘了自己答应我的事了吗？这几天之内，你说好要听我的。"说着，她把他的手拨开，道，"你最好明白一点，那就是，我还不想死。一点儿也不想。就算是别人认定了我非死不可，我也要拼命搏一搏，难道我这样的人，还会自尽？"

莫行南缓缓地收回手。

她伸出手去，解开他的衣带。他的身体有片刻的僵硬，然而他什么也没说，什么也没做，只是轻轻地别过脸去。

奇异的圆月，亮如白昼的光芒，她的头就在他的面前，鼻间闻到一丝植物幽深的清冷香气。他知道那是她身上的味道。这杳无人烟的高山绝顶，苍绿藤萝与树木共生共长，岚泽充沛直至上空。她在这岚泽中生长，血脉里似乎也融进了萝木的气息，化作一股清清冷冷、若有还无的幽香。

还夹着一丝血腥。

她咬破了自己的手腕，鲜血沿着他的肩头滑下去，她的另一只手，负责把这些血迹均匀抹在他的肌肤之上。

沁人心脾的香气，柔若无骨的纤手，气血方刚的少年，清丽美貌的少女……多么旖旎温柔的风光，然而中间隔着的，却是鲜血。

风吹来，莫行南的汗毛一根根立了起来。心里不由得觉得悲壮，心底似乎有什么东西不甘蛰伏，破土而出，他终于忍耐不住，一把握住了她的手，沉声道："绿离披我不要了！"

她吃惊地抬头看她。

"我这就带你走！"他说，脸上唯有义无反顾的神情。

她的惊讶仅仅维持了一瞬，转眼便消失，她低低地道："等一会儿，你就会知道，我这样做，不是为了你，而是为了我自己。"

她的声音那么低，低得像是在自语，那些话，似乎只有在独自面对自己的时候，才会说出口。

"我不管！"莫行南大声道。

她沉默了，瘦削的身子凝立在月光下，似乎要像一片沉入水中的纸张一样被浸湿，融化。半响，她抬起头，一瞬不瞬地看着他，一字一字地道："莫行南，我会记得你一辈子。"

莫行南一喜，然而，她接着道："但是，请按我的话去做。因为，这才是救我的唯一方法。"她的目中，隐隐有水气流转，眼泪似乎随时会流下来，她轻声道，"也是，唯一让我回家的方法。"

他终究还是来到了深渊之畔，身上涂满鲜血之后，披上了外衣。

月华如水，却照不见这无底深渊。黑乎乎的洞口看起来仍然一片绝望的死黑。

月轮按照它既定的轨迹，缓缓地，爬上了中天。

刹那间，四下里光华大盛，连这幽深的渊口，也挤进去一抹月光，隐隐地，似乎传来水声。

莫行南没有再等下去，一套"达摩伏虎拳"，就在渊边施展开来。

达摩伏虎拳，是问武院弟子的入门功夫。进入问武院的第一年，学生们将在少林寺度过，学习最基础的拳脚功夫，以锻炼根骨。次年入武当，修习太上玄清心法，以稳固心志玄神。到了第三年，才能进入问武院。院内分为身刃和无身刃两大教类。身刃即刀剑拳掌种种外门功夫，以及内功与轻功身法。无身刃即机关、暗器、兵阵、医药、星相、占卜。

莫行南十岁进问武院，主修身刃，是问武院辛卯年的身刃状元。就如问武院里授徒最苛刻的岑夫子所说："莫行南，是天生的练武奇才。不是奇在根骨，而是奇在心性。在练武的时候，他的心底毫无杂念。而杂念，又是多少高手精进时最大的障碍！"

此刻，一套普普通通的达摩伏虎拳，在莫行南使来虎虎生风，他很快进入状态，身上热气蒸腾，血的腥气似乎重了许多。正在这个时候，脚底忽然震动了一下，像是有什么重物，结结实实地落在地上。

这万仞的高山之巅，当然没有人抬什么笨重家伙上来。

正疑惑间，又震了一下。紧接着，响起一下沉闷的水声。

那似乎是"哗啦"一声响，隔得极深、极远，传上来的时候，只是如同闷鼓一般的声响。然而这一声之后，沉闷的水声忽如滚开了一般，闷雷一样响起。

足底的颤动，越来越急，越来越重。

而这声音，正是来自一片漆黑的深渊中！

莫行南全身的神经都绷紧了，手伸到后背，摸了个空，才想起，方才她为了减轻他身上的重量，把他的背月关刀拿走了。

便在此时，远处传来极凄厉的一声高喊："快跑！"

莫行南如梦初醒，转身就照着她说的路线掠去！足尖刚点上小

第二章 龙蟒

山坡，身后传来雷霆般的一声巨响，似惊蛰时刻的炸雷，震得山巅一颤！

一道浓重的腥气瞬间袭来！

不能回头！

亦根本没有余力回头！

他不知道身后是什么，但是他知道，在回头的一刹那，对方就能杀死他！

他只有跑！

用尽平生的力气，用尽来生的力气，面色因用力而变得紫红，那一刻，他的头发也因这速度而笔直地飞了起来！

他不知道自己有多快，只觉得周边的山石树木，都如风一样往后掠去，山风突然变得凛冽，如刀子一般割着他的脸。他唯一的神志，只能用来辨别她指出的路线，拼了性命，往前飞奔！

身后传来浓重的腥热之气，似乎随时要喷到他头上。亦有重物压倒树木的种种声响，夹在"呲呲"的呼气声里，如命运的巨掌，压过来！

那面面相对的岩石近了！近了！就在眼前了！他大喝一声，向前跃去，猛然间身形一滞，衣带居然被对方挂住！

那一刻，除了恐惧，再也没有别的思想，腥热的气息喷上了他的后背，他用力挣断了衣带，身形再也无法稳住，向前跌去！

如命运一样沉重的阴影附骨而来，充满了血腥的腻滑物体覆上了他的腿，死亡来临的那一刻，他想到，如果有刀，也许，也许他还有机会……

然而料想中的剧痛没有传来，他睁开眼睛，回头——

那是一只斗大的三角头颅，额上生出一对墨绿的犄角，似龙非龙，似蛇非蛇。绿得接近墨的颜色，唯有一双眼睛血红。此刻，它血红的眼睛看着他，目中有似乎有不可置信的迷茫，它看看他，又回过头去看看自己的身子——那桶一样粗的身子夹在两块岩石之间，动一动，它的脸上就增一分痛苦，最终，它发出一声长嘶，狂暴地一甩头。

到嘴的猎物、莫行南的身子就那样被甩了出去，下面，便是万仞深的悬崖！

在这千钧一发之际，一条长长的藤萝飞过来，缚住了他，可藤萝止不住他的下坠之势，执藤的人发出一声惊呼，同他一起往下坠去。

那一场蛇口逃生，几乎用尽了莫行南全部的力气——还有勇气，他整个人疲惫得连动一动手指的力气都没有了。然而她似乎更加没有本事稳住两个人的下坠之势，他提起最后一口真气，勉强握住触手之处的一条藤蔓，她的双手紧紧抱住他的腰，两个人，空悠悠地挂在山壁上。

山顶之上的震颤不断传来，龙蟒的愤怒之下，两个人头上的树木、山石、藤萝不断往下滑落倾塌，两个人在小小的方寸之地腾挪躲避，头上、身上落满了尘土树叶，手中的藤蔓也岌岌可危，莫行南咬了咬牙，道："这里待不住了，上去！"

她一呆，目中露出恐惧："上去？"

"凭你的轻功，上去不是很简单吗？"

"那你呢？我带着你，没法上去。"

"我？"他冷冷一笑，向来充满阳光的面庞，忽然变得冷厉而愤怒，"我已经是送到那怪物面前的食物，这个时候死和那个时候死,有什么分别?"他铁青着脸,一眨不眨地看着她,"原来你问我心愿时,就把我当成了死人!原来在我身上涂满鲜血、让我练拳,就是为了引这个怪物出来!你——你好恶毒!"

她的脸色一白。白得如同雪纸,再无别的颜色。

她眼中的神情,却变了又变,从愧疚与不忍,到凄迷与忧伤,最后,变作冷漠与不忿,她从怀里掏出一样东西,塞给他,冷冷道:"你要的东西,我给你拿到了!这场交易可是两相情愿的!"

被塞到他怀里的,是一株墨绿色的花草,两片叶子托起一朵小小花朵。花朵也是墨绿色的,连同根、茎、叶都是这种绿到极深处的颜色。

像极了那条龙蟒的颜色。

他握着这朵花,激动、愤怒、心痛、悲伤种种情绪在心头涌动,到最后竟然不知道到底是什么滋味,他只是大声道:"这不是交易!我是真心帮你!而你,居然利用我的同情,让我去送死!"他的牙关轻轻颤抖,连同声音都在发抖:"你……你这个妖女!"

她的眸子深沉似海,忽然,她长声一笑:"不错,我是妖女,我就是骗你,就是想让你当我的替死鬼!"

头顶土木纷坠,两个人处境危险万分,她却嫣然笑了起来:"你不是很羡慕我的轻功吗?刚刚你跑得多快自己知道吗?若是有条这样的怪物日日夜夜追着你,你的轻功当然无敌于天下!"说着她仰头一笑,双颊泛起奇异的嫣红,状若疯狂,"今天的你,就是八月十五的我!我被人带到这里,豢养在这鸟都没有一只的荒山上。从五岁起就知道自己被安排的命运,是成为那怪物的食物,然后他们才能下深渊摘取绿离披!绿离披,绿离披!什么活死人肉白骨的奇花圣药?那是我的血,我的命!"

她尖着声音说完，忽地松开他的腰，攀住了另一株藤萝，如飞鸟一样，在壁上轻点几下，消失在壁上，只剩声音遥遥传来："如果不是我，你早就直接跳进去喂龙蟒了！如果不是我，你方才已经被甩下去死无葬身之地了！"她恨恨地道，"忘恩负义的男人！有本事，上来杀我啊！"

莫行南当然没有力气去杀她，以他仅剩的力气，连换根藤萝也做不到了，幸运的是，山巅之上的动静渐渐消失，庄严的鱼篮山，慢慢地，又恢复了她本有的宁静与幽深。

莫行南挂在藤蔓之上，渐渐地恢复了一些体力，慢慢地爬上山。

山顶之上，一片狼藉。龙蟒在穿行之际，扫过的东西无一幸免，无论是树木还是桥廊与花草，纷纷倒地不起。它的身子足有三丈多长，三角头颅挣扎扭曲，满目都是狂怒和痛苦。夹在岩石间的身子底下，流出殷殷鲜血，石头都被染成红色。

那个瘦削的黑衣女子，站在龙蟒的尸首旁边，手里提着他的背月关刀。

他大吃一惊："你杀了它？"

她居然能杀了它？

然而他随即便注意到，他的背月关刀，刀口光洁如镜，没有一丝血污。

"是我杀了它。"她轻轻地、幽幽地道，"我在这两面岩石之间，埋下了一丈长的刀刃，刀背掩在土中，刀口对准它的颈腹。我研究过无数遍，这怪物全身刀枪不入，只有腹下一线，脆弱无比，从刀口上一游过，刚好把它的肚子剖开。"

她慢慢地说着，慢慢地举起了手中的刀，向龙蟒身上劈下去，一刀，又一刀。

莫行南忍不住道："它已经死了，你还砍什么？"

"我砍的不是它，是我的梦魇。"她抬起头来，身上、头上已经溅满了血渍，月光一照，恍如地狱罗刹，"十二年来，每天晚上我都被它折磨得无法入睡。我从来不敢一个人睡在一间屋子里，生怕在我睡着的时候，它就来了，然后一口吞掉我！"说着，她全身一颤，恐惧升上双眸，很快变作愤恨，刀下去得更快了，"我恨，我恨，我恨！为什么是我，为什么这样折磨我？"

她瘦削的手再一次抡起沉重的背月关刀，劈向那噬人的怪物。刀太沉重，她的气力渐渐跟不上了，靠在岩石旁，大声喘息。

她的疯狂和恨意强烈地感染了莫行南。

他是恨她把他当作替死鬼，恨她一开始就存心利用他，但是，看到她这个样子，恨意却硬不起来，只觉得心底一阵阵发寒。

她瘦小的身体里蓄积了十二年的怨与恨，那是他永远也不可能理解的所在。

他无声地叹息，走过去，从她手里取走了自己的刀，走开。

"慢着！"

她喘息着唤住他。

他停下脚步，却没有回头。

"你不是答应要带我回去的吗？"她的声音变得又哀又怜，眼中似乎又要掉下泪来。

他的背影默然良久，才缓缓地转过身。月色下，他洒脱的眉目有种说不出的疲惫和清冷，他没有回答她，只是问："为什么是我？因为我看起来比较好骗吗？"

她的头渐渐低下去，半晌，抬起来，道："因为你不怀疑别人。送饭的越嬷嬷叫你往密林那边走,你就往那边走。我叫你来见我,你就来见我。轻功又很好。"说到这点她苍凉地一笑,"这一点,很重要。没有足够的轻功,片刻就要被那怪物吃掉,帮不上我的忙。还有,因为你是问武院的人。"

"你怎么知道?"

"你的衣服虽然又旧又破,可是衣摆上有只亮翅的仙鹤,那是问武院的标志。而问武院,是光阴教唯一避忌的地方。"她顿了顿,"你是问武院弟子,我跟你走,就算被他们遇上,他们也不敢怎么样。我在这荒山之上等了这么久,终于等到一个样样都极理想的你。而且,八月十五就快到了,我已没有太多时间,无论你行与不行,我都必须试一试。"

莫行南沉默,似乎看得见自己的心一寸一寸地沉下去。

她的心思如此缜密,又如此狠毒,怎么会是个要人怜悯、要人同情的小姑娘?

那些故作的软弱,那些晶莹的眼泪,也是为了骗他这个笨蛋的吧?

然而长久的沉默之后,他长长地叹了一口气,道:"我带你走——不管怎么说,你帮我拿到了绿离披。正如你所说的,这是交易。你情我愿。"

第二章 龙蟒

第三章 阿南

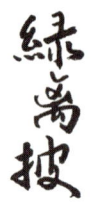

  两个人的脚力不下于千里名驹,三天便出了南疆。一路上平安无事,看来光阴教十分信赖龙蟒的守护力量,并且对他们的圣女娘娘也放心得很。
  也许从来没有哪一位圣女反抗过这样的"命运"。
  下山的时候,她到一户人家"拿"了一套布衣,换下了那套暗夜般的黑衣。除了不习惯往身上叠加重物——如那些叮叮当当的银饰之类,她已与当地少女没什么不同。
  而且自从换去那身黑衣,她似乎也从"圣女娘娘"的身份里走了出来。不再是那副冷冰冰的模样,也没有可怕的偏激与疯狂。脸色经过几日的行路,多了一些血色,看上去,她只是个面容姣好的少女,第一次出远门,因此对世上的一切都充满了好奇。
  路人都对莫行南抱以羡慕的目光,因为自始至终,她都抱着他的胳膊。莫行南好几次悄然挣开,下一刻又被她拖住,他忍不住问:"你这是干吗?"
  "我怕你走丢了。"她说。
  莫行南翻翻白眼:"你是怕我丢下你走了吧!"
  她笑笑。

莫行南深感屈辱："我答应了带你回家，就不会反悔。你随便找个人问一问，我莫行南是那种反复小人吗？"

"好了，好了，别生气了。我是担心自己走丢了。"她有些不好意思地说，目中又有片刻的凄伤，"我从来没有上过街，没有到过这么多人的地方，有点儿怕。"

她这样，莫行南倒没话说了，只能任由她拖着胳膊到处走。

好在后来她渐渐适应了繁华人世，已经不再担心自己走失，松开了莫行南的胳膊，不过这下，却换莫行南担心了。她看什么都新鲜，瞧见摊子、店铺就扑过去，扑过去就扑过去吧，还随手就拿人东西，拿完便径自走人，店主问她要钱，她便回头往莫行南身上一指："在他身上。"

不到半个月，莫行南的钱袋便瘪了下去，却多出一大堆行李。各式各样的绸缎、衣服、鞋袜、泥人，足足有三五个包袱。

莫行南认为很有必要跟她谈一谈："我只答应带你回家，却没说过要包吃包住包玩包买东西，对不对？"他晃了晃空荡荡的钱袋，"最重要的是，你已经把我的钱全花完了。"

"哦。"

"哦？"看着她这样漫不经心的样子，莫行南拧眉，"'哦'是什么意思？"

"'哦'的意思，就是我已经明白了。"

这句话让莫行南稍感安慰。

然而第二天，她看见一家胭脂铺，还是忍不住冲了进去，莫行南眼疾手快，一把把她拉了出来："喂，你知不知道我们只剩下吃面条的钱了？"

她嘻嘻一笑："你没有，我有啊。"说着掏出一只鼓鼓囊囊的绣金荷包,在他面前晃了晃。

"这,这是哪里来的?"

"昨天那家客栈里拿的。"

"拿的?"

"嗯,那胖子睡得死极了,我就顺手把他的银子拿了来。"她说得再自然不过,好像只是到自家的菜园子里摘了几棵青菜一样稀松平常。

然而莫行南瞪大了眼,半天,才说得出话:"你的轻功,就准备拿来做贼吗?"

"练都练了,不用白不用。"她说完,似是觉得已经交代清楚,转身又要往胭脂铺里去——在山上住得太久,对这些姑娘家用的东西,她有着超出常人的狂热兴趣。

可惜下一刻,她的手就被人拖住,回过头来,看到的是一张眉头紧皱的脸。

大大咧咧的莫行南,浓眉皱起,高大的身形似给人无形压力,他沉沉地开口:"把钱袋送回去。"

她的眼中滑过一道不忿的光芒,然而一闪即逝,她似乎越来越乖巧,点了点头:"好吧。"

两人赶到客栈的时候,大堂里人头攒动,一名中年男子正拉着掌柜的衣襟不肯放手,一面哭天抢地说要去报官。

莫行南正要开口,忽然听她"啊"了一声,接着弯下腰去,疑惑道:"这是什么?好像是钱袋!谁掉在这里的?"

众人一齐向她看去,她手上可不正拿着个钱袋。

中年男子登时两眼发光,一把松开掌柜的,从她手上拿过钱袋,贴着胸口半天,笑眯眯地摸出两文钱,递给她:"小姑娘真是懂事啊,叫什么名字?"

她身形瘦削,原本就比同龄人个子小,因为头发短,只能梳成孩子般的总角髻。身上又穿得花花绿绿——大约是穿黑衣太久,她无比喜欢这些颜色鲜艳的衣裳——一眼看上去,还真有几分像十二三岁的小姑娘。

"谢谢大叔。"她笑眯眯地接过,"我叫阿南。"

"阿南啊,嗯,乖,真乖。"他无比艳羡地看着莫行南,"兄弟,你可真是有福气啊,有这么乖巧可爱的女儿。"

虽然头发没梳、胡子没剃,衣服又有些破旧,但也不代表别人可以忽视他充满朝气的浓眉,以及无比年轻的双眼。莫行南朝这个被钱袋盖住眼睛的男人翻了翻白眼。

她却脆生生地道:"爹,我要吃糖葫芦。"

莫行南被她吓了一跳:"你发什么神经?"

"我……我好久没吃过糖葫芦了……"她无限委屈地拉着他的袖子,眼中似乎有水气弥漫,"这两文钱既然是大叔给我的……"她的声音似乎都在轻轻颤抖。

"喂,你胡说些什么?谁是你爹——"莫行南话还没说完,身子却已经浸在一片冰冷的目光里。

这些目光,有鄙视、有厌恶、有轻蔑、有不满……似乎都在责怪他这样欺负一小女孩子。旁边摆摊的一位妇人看不过,上前来打抱不平:"你们这些男人就这样!不是自己身上掉下来的肉,半点儿也不知道心疼!"

旁人也道:"真是,不过一串糖葫芦而已。"

"瞧他那身衣服,只怕实在穷得可怜。"

第三章 阿南

"可那两文钱是这位大爷给他女儿的嘛！"

……

纷纷的议论声在空气中汇成一片，莫行南跳进黄河也洗不清，头大无比，向她道："你快跟他们说清楚！"

然而她却偏过头去，这极缓慢极无力的一偏头，在旁人眼中看来，自然委屈可怜无比，但莫行南却无比清晰地看到，她的眼角，闪过一丝狡黠的光芒。

莫行南睁大了眼，张大了嘴，一丝怒气后知后觉地腾了上来，他浓眉一皱，不再管这指指点点的人群，拎起她就走。

身后隐隐还有一些议论声飘来："啧啧，真可怜……"

莫行南被气得吐血，到底在说谁可怜？

到了无人处，他一手把她放下，怒道："你耍我？"

"没什么呀。"她微笑着抚了抚衣摆，"你凭空捡了个女儿，不开心吗？"

他怒气冲冲："开心个屁！"

"可是我有了个爹，却很开心呢！"她如孩子般笑着，眼中浮动的目光，却如暗夜湖泊般深不可测。她长长地叹息了一声，道："我爹会是个什么样的人呢？我半点儿也记不得了。但他一定会给我买衣服，买糕点，出趟远门，还会给我带各式新奇的玩意儿。我今年十七岁了，他还要操心给我找婆家……"她抚着自己的脸，微笑着问他："你说，我爹会是什么样的人？"

她一直牵挂着回家，牵挂着父母，这一点莫行南很清楚。她提起父亲，他有一丝不忍，可是想想方才被她捉弄，他心头火起，重重地"哼"了一声。

"小气鬼。"她忽然向他扮了个鬼脸，"谁让你弄得我买不成胭脂，还让我巴巴地跑这么一趟？"

原来她虽然答应还钱，心里却记恨着。一记恨，就睚眦必报。

莫行南深深皱起了浓眉："你得答应我，这一路上，有违侠义之道的事，绝对不能做。"

她笑了笑，没有答话，拎着裙摆，自顾自向前走去。

莫行南好不容易平息下来的怒气，在这一刻又升腾起来："喂，你听到没有？"

她的身子站住了，静了片刻，回过头来，粲然一笑："我可不叫'喂'。"

莫行南一怔。

"从今天开始，我的名字叫作阿南。"

"阿南？"莫行南的眉毛再一次打结，"那是我的名字！"

"是吗？你不是叫莫行南吗？"她极为讶异，"你叫莫行南，我叫阿南。你三个字，我两个字，怎么能说是你的名字？"

莫行南气结，明知道她那副讶异的样子是装的，"我娘是这么叫我的！"

"哦。"她点点头，忽又问，"那'莫行南'的名字，也是你娘取的？"

他闷闷道："嗯。"

"为什么叫这个名字呢？莫行南……连起来，好像是叫你不要往南边走呢！"

"我出生的时候，有个和尚说我这辈子大忌南方，我娘就给我取了这个名字。"

她却若有所思："大忌南方？那你还去南疆？"

"这些神鬼之说，我才不信！说什么我去了南方九死也难逃一

第三章 阿南

生,可我现在还不是活得好好的?"莫行南说着,忽然发现话题不知何时被她转移到这上头来,恼怒道,"问这个干吗?"

"呵,不说了,不说了。"她倒像是很好说话,回头挽上他的手。走了一半,忽然问:"你喜欢的那位姑娘,叫李轻衣是吗?这个名字也很好听。"想了一想,"嗯,虽然好听,不过还是没有阿南好。阿南,阿南,你不觉得这名字很不错吗?"

看到他即将竖起的眉,她的目光忽然变得忧伤:"我不叫'喂',我想有自己的名字。这个名字,你先借我用一下吧。等我找到了父母,就知道自己叫什么了。"

她的眼波迷离如梦,神情哀婉凄切,眼中水汽翻滚,似乎轻轻一拂便要流下泪来。

莫行南怔怔地看着她——她变脸,真的比变戏法还要快。

并且知道他吃软不吃硬,做出这样一副表情——不管是真是假,他都没法子不答应她。

晚上,莫行南倒出身上所有的铜板,只够买两碗阳春面。

两人在灯光昏暗的面摊上面对面而坐,她看着他埋头猛吃的样子,忽然道:"我不想吃面。"

"我的姑奶奶,不吃面,你要吃什么?"

"不知道。"她托着下巴,斜飞的娇煞眉目在灯光下有难言的温柔可爱,"总之我现在不想吃面,你帮我把这碗吃了吧。"

"我身上一文钱也没有了。"莫行南严肃地看着她,"如果你不吃这碗面,不知道什么时候才会有吃的。"

"知道了,知道了。"她很不耐烦地把面推到他面前。

"真是……到时候不要喊饿……"莫行南咕哝着把那碗面接了

过来,三下五除二便吃光了,两碗面条,刚好够他八成饱。

暮色降临,两个人扛着一大堆行李,站在街头,举目四顾,不知在何处栖身。

她叹了口气:"真对不住,我不知道没有钱的日子这样惨。"

"我行走江湖,荒山野地也能倒头就睡。"莫行南满不在乎地道,"不过你就成问题了。"

她不说话了,似乎在考虑夜宿荒山的可能性。

半晌,她忽然问:"为什么不能偷别人的钱?"

她居然又动了这个念头,莫行南翻了个白眼:"因为那是别人辛辛苦苦赚来的。"

"如果不是辛苦钱呢?"

莫行南不解。

她伸手一指前方不远处:"你看那里。那房子又高大又阔气,进出的人个个衣饰光鲜,主人一定很会赚钱,而且,一定不用太辛苦。我们去拿一点儿做盘缠,他也不会心疼,我们又有好处。好不好?"

所指之处,果然门庭若市,几个带刀的男子正一箱一箱地往里面抬东西,从箱子的分量来看,多半是金银珠宝之类。

莫行南的眼睛亮了,刹那间胜过天上的星辰。

"好!好!好!"他一连说了三个"好"字,扛着几只大包袱就大步往前走去,在房子的大门口停下,几个男子见了他,脸上有戒备之色,问:"兄弟有何贵干?"

"也没什么贵干,只是想来出把子力气。"他笑嘻嘻地道,"在下莫行南。"

"莫行南!"为首的男子惊呼出声,"可是问武院辛卯年身刃

第三章 阿南

状元,号称行侠仗义、打抱不平、喝酒与打架不要命、拜师与娶亲不花钱的背月关刀——莫行南?"

听着自己长长的名头被这人一口气报出来,还以脸上又惊又喜的神情作为陪衬,莫行南真是心情大好,怡然地点点头,背月关刀上的红缨无风自动:"正是在下。"

"原来是莫少侠大驾光临,失敬失敬!"那几名男子连忙抱拳,看到他身后的女孩子,以为又是问武院的弟子,"这位姑娘,还未请教……"

莫行南待要介绍:"她是——"

"我是阿南!"她已经脆生生地道。

莫行南松了口气,还好这回她没说是自己的女儿。

那男子将二人引进厅上,恭声道:"二位且喝杯粗茶,小人这就去请我家局主。"

阿南看着他恭恭敬敬地退开三步,才转身离去,忍不住问莫行南:"看起来,你似乎很有名?"

莫行南"嘿嘿"笑了两声,嘴上道:"一般,一般。"

"这是什么地方?"

"振威镖局的襄城分局。"见她一脸迷茫,莫行南解释,"镖局,就是专为人保送东西的地方。比方说你这些衣裳胭脂要送到一个遥远的地方,自己去不方便,就托他们去送。而振威镖局,是这些局里颇有名气的一家。我去年到京城的时候,跟他们少局主喝过酒,那小子号称酒量无敌,结果还不是倒在我的酒坛之下?哈哈哈……"笑了一阵,肚子里的酒虫开始叫唤,他叹了一口气,"唉,我已经好多天没有喝酒了。希望这位分局主能拿几坛好酒来。"

"你是说他会请你喝酒？为什么？"

"为什么？"他的脸上有明显的得意之色，"嘿嘿，为什么？因为我是莫行南嘛！"

她笑了："那又怎样？"

她这样不给面子，他待要发作，只见一个洪亮的声音由厅后传来："莫少侠打抱不平，侠义无双，今日居然光临敝局，真令寒舍蓬荜生辉。"

一个五十岁上下的老者走出来，满面都是笑容，一走来，便握住莫行南的手："听闻莫少侠三个月前除去梦合山上的匪盗，为我汾北至襄北数十家分局免去前路之忧，如此大恩，洪某不敢言谢。今日大驾光临，还盼盘桓几日，让在下一尽地主之谊。"

"好说好说。"莫行南也笑得欢畅，"我正想问洪局主讨个差使。"

洪局主有丝讶异："莫少侠此话怎讲？"

"实不相瞒，在下身无分文，正想投身来给洪局主做镖师呢！"

"莫少侠说什么笑话？少侠要多少银子，只管开口。若是襄城不够，我让人快马去兄弟分局借来！"

莫行南正色道："这可不行。我怎能白拿你的银子？眼下有没有哪趟镖要出门？"

"要莫少侠押镖，那不是大材小用吗？"

洪局主还要客气，阿南忽然道："帮你押镖，你是不是肯给银子？给多少？"

洪局主一愣，后而笑道："姑娘……"

"我叫阿南！"她刚有了名字，似乎巴不得全天下的人都知道才好,紧接着又问,"你们也别客气来客气去了,你不让他押镖,他不想白白拿钱,反正你夸得他天上有,地上无,让他给你押镖不是很省心吗?这样子正好皆大欢喜。"

她声音清脆,说话利落,听得莫行南点头不已:"正是这个意思。"

"好吧。"洪局主只好答应了,又笑道,"后堂已备下酒席,莫少侠,阿南姑娘,这边请。"

席面丰盛,山珍海味无所不有,洪局主与其他几个一等镖师作陪,同莫行南边喝边聊。说莫行南如何独身追捕江洋大盗,如何千里护送受伤的别派弟子返回师门,如何夺得问武院辛卯年身刃状元,如何一人独战杀手组织尽堂的五大高手……一时江湖风云,快意恩仇。

酒过三巡,已经混得奇熟无比,"莫少侠"已经变成了"莫兄弟",只听洪局主道:"莫兄弟向来不到南疆啊,这次所为何事?"

喝得兴起的莫行南更是豪爽无比,一扬眉,道:"找绿离披。"

"绿离披?"

当场人都震了一震。

莫行南笑吟吟地从怀里掏出那株通体墨绿的花草,亮在席上:"看!"

每个人的目光都集中在这传说中肉白骨活死人的奇花异草上,眼珠子似乎都要掉下来:"这就是绿离披?"

还是洪局主久经世面,最快从震惊与艳羡中恢复过来,问道:

"兄弟有朋友病重吗？"

"不是。"莫行南双眸炯炯有神，嘿嘿一笑，道，"我是拿它来求亲的。"

"啊！"众多男人恍然呼哨声响起，跟着暧昧地看了他身边的阿南一眼。

洪局主却道："莫兄弟中意的姑娘，可是苏州李家的小姐？"

"啊，是啊。"莫行南倒有些奇怪，"神了，这你也知道？"

洪局主呵呵微笑："老头子生平别无所愿，就是希望遍尝天下美食。四年前去了一趟苏州，就听说这位李姑娘在选婿。要求只有一个，那就是绿离披。据说是因为李夫人身患奇疾，唯有绿离披可医。十二年前，武当掌门长青子送了一株给李姑娘的父亲李中泽，李夫人才活到今日，想来身子并未大好，还要这绿离披续命。"说到这里他微微感叹，"这位李姑娘，从十五岁起至今，为了治好母亲的病，不见绿离披便不嫁人，可敬，可叹。"

一个镖师道："听说这位李姑娘才貌双全，又是家中独女，李家虽然比不上杭州花家富可敌国，却也家资万贯，要是莫兄弟娶了她……嘿嘿……"

"我可不是为了李家的家产。"莫行南正色道，"我是敬李姑娘侍亲至孝。"

那镖师讪讪地点点头，席面上的气氛登时有片刻的冷凝。阿南忽然向洪局主道："你说你遍尝过天下美食？"

洪局主抚须笑道："天下这么大，美食多如烟海，哪里敢说尝遍了呢？"

"那我问你，有一样甜甜的、软软的、糯糯的圆子，你吃过吗？"

第三章 阿南

她说话的时候,眼睛一眨也不眨地看着洪局主,眼中似乎有火苗在燃烧。莫行南见她这副又是期待又是害怕的神情,知道她生怕洪局主说出一句不知道,连忙道:"是,洪局主,你可知道这是哪一带的吃食?"

"甜甜的、软软的、糯糯的圆子……"洪局主抚须思索,"这样的东西,大江南北都有,只是做法不同。姑娘你问的,是热的还是冷的,是蒸的、煎的、烤的,还是煮的?"

"好像……是煮的。"她有些犹疑,"我吃的时候,记得是有汤的。一咬开,里头甜甜的馅就会涌出来,滴到汤里。嗯,是煮的。"

"嗯,那多半是江浙一带的东西。"洪局主比较肯定了,"要是里面放桂花,多半是苏杭人家,要是汤里加酒酿,多半是绍兴一带。"

"江浙一带?"她说着这四个字,似乎要痴了。

晚上莫行南在洪局主安排的客房里安睡,半夜忽然被人摇醒。他吓了一跳,这年头,还有人能进入他的房间而不惊醒他!

然而看到床前纤瘦的人影,他便释然了,她有那样神鬼莫测的轻功,就算半夜割了他脑袋,也不在话下吧?

半夜被吵醒,他十分不爽:"什么事?"

屋子里一片漆黑,黑暗中只有她两只眼睛折射出一片水光,她拉着他的袖子,问道:"你去过江浙吗?"

"去过。"

"那是什么地方?是什么样子?"

"不错啦,山好水好。"

"还有呢?"

"还有什么?"

"山好在哪里?水好在哪里?"她的眼中放出兴奋的光芒,"江浙的人喜欢吃什么东西?喜欢穿什么衣服?喜欢做什么事情?"

莫行南便努力回想那时在江浙的所见所闻:"嗯……江浙人好像不太喜欢喝酒……不过绍兴的女儿红真是不错,我在苏州喝到过一坛三十五年的。但有人跟我说女儿红从底下挖出来的第一天最好喝,运到苏州的已经失了真味……唉,可惜可惜。"

说着说着跑题了,他看到她脸上的不满,连忙把思绪从酒上拉回来:"嗯……江浙人……江浙人穿什么衣服来着?"鬼才记得他们喜欢穿什么做什么,真正在他脑海中留下印象的江浙人也不过李轻衣一个,于是他道:"嗯,江浙人喜欢穿白衣服,像轻纱似的。女人的头发很长,头上没有什么乱七八糟的钗环,只有一支玉簪。说话和和气气,特别斯文。弹琴很好听。声音也很好听。"

她听着悠然神往:"江浙的女人都会弹琴吗?"

"啊?啊!多半吧。"

他有些支吾,然而平时聪明如她却没有发现,一心沉浸在对家园的幻想中:"我想江浙应该是这样子的吧:山是远天的一抹淡青,水清澈地照出鸟儿的倒影,人们穿着白衣,挽着手从美丽的桥上走过,大家相约去吃一碗甜甜的、软软的、糯糯的圆子。"她拉拉他的衣袖,仰起满是喜悦与向往的面庞,望着他,"对不对?"

家,也许是她十七年来,心中唯一一片美好。除了这个,她的生命中一直充满了怨恨与血腥。

那一刻,他不愿破坏她心中美好的想象,点头道:"是。"接

第三章 阿南

着，又道："我已经跟洪局主谈妥，替他押一笔货去苏州，正好顺路。"

她满意了，带着笑意回去睡觉。

第二天清晨，整个镖队整装待发。五个趟子手，加上莫行南与阿南，也不过七个人。

襄城不大，只有几个小主顾，虽然千里托运，却也没什么值钱的东西。让莫行南押镖，不过是送个顺水人情。

且又是振威镖局的招牌，一路上平安无事，平安得莫行南都有些无聊。

这是他第一趟押镖，也许是最后一趟，居然就这么平淡无味地走了一遭。

相形之下，阿南的生活便丰富许多，光是想每天穿什么衣服，就花去一天当中的极大一部分时间。什么衫配什么裙，什么裙配什么鞋，有时走到一半，她忽然打马赶到莫行南前头，道："你看风吹起我的衣摆，露出玫瑰色的里子了吧？"

莫行南看了看："嗯。"

"啊，那我要换。"

"为什么？"

"你看这衫子是嫩绿色的，裙子是葱绿的，鞋子是草绿的，就里子是红的，不好看。"全身穿相近的颜色似乎就是她的审美观，她在行李里翻出几件衣裳，打马到密林处去换。

镖队只好暂停等待。

莫行南简直越来越佩服自己的好脾气。

半天，她换了一套白衣出来。

她的头发比起刚下山时已长长了不少，直直地垂到肩上。

白衣飘飘，衬着她洁白的肤色，淡红的樱唇，娇煞的眉目清波流转，从林中走出来的那一刻，她全身似乎都洋溢着一种清软的气息。

她走到莫行南跟前，轻轻地转了一个圈，问道："像不像江浙人？"

莫行南却没有答话，他出神地盯着她，眉头紧锁，仿佛在极力回想什么事情，蓦地，他忽然道："啊，我知道了！"

他的声音好大，吓了阿南一跳，她半埋怨道："知道什么？"

"天哪，你居然长得像李轻衣！"莫行南以手抚额，被自己的发现震惊得语无伦次，"难怪在鱼篮山就看你面熟，原来你长得像她！我一直都没有发现，今天你穿上白色的衣服，真像她，她好像总是穿白衣服——好奇怪，你怎么会像她呢？"

阿南摸了摸自己的脸："我像你喜欢的那个人？"她怔怔的，不知道在想些什么，半天，脸却慢慢地红了，红晕还未消去，目光却又变得冰凉，她看了他一眼，冷冷道："我看你是想老婆想得发疯了，看到谁都说像！"她说完，看也不看他，上了马，一鞭抽在马臀上，那马如飞而去。

她这样从迷茫到羞涩，再从羞涩到冷漠，仿佛只是片刻工夫，在树底下歇息的几个趟子手看得目瞪口呆。一个年纪稍大一些的望着她离去的背影，啧啧道："还没见过这么会翻脸的女人！莫少侠，切莫在一个女人面前提起另外一个女人啊！你还说她们长得像，哎，这可是情家之大忌呀！"

"可是她们真的有点儿像啊！"莫行南冤枉不已，且大感不解，"再说世上相像之人有的是，为什么要生气？郑大哥，你们先

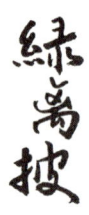

走吧,我去把她追回来。"

趟子手们齐齐答应一声,莫行南翻身上马,还没来得及夹马肚,一个声音远远地传来:"不劳莫少侠费心,这位姑娘,我已经给少侠找到了。"

这声音沙哑难听,好像粗糙沙石在磨玉,听得人牙齿似乎都要颤两颤。

随之出现的,是六道幽灵般的身影,其中一个人的手上,扣着方才策马而去的阿南。

"放开她!"莫行南背月关刀出鞘,"怎么?上次在月老祠被我打怕了吗?今天一上来就扣人质?"

第四章 恩怨

在这样的太平江湖，百年前一位高人设立问武院，将各门各派的精英请到院中任夫子，分门授课，一举打破了各门各派自立门户互不交好的江湖格局。自那以后，江湖中的纷争大大减少，偶尔有一两个唯恐天下不乱的奸险之徒，问武院之上的阅微阁总能在第一时间找齐证据，废其武功，囚禁一生。

　　百年来，没有一个枭雄可以真正兴风作浪。人们甚至认为那位高人已经位列仙班，一双天眼，注视着江湖的一切，不放过任何伤天害理之举。

　　可是偏偏，近五年来，出了个尽堂。

　　尽堂！

　　一个名动江湖的杀手组织！

　　他们的剑法，没有名字，没有招数，只有目的——

　　那就是，杀人！

　　他们的剑，没有是非忠奸，没有好恶得失，只要主人接了任务，就一定会去完成。

　　被尽堂追杀的人，从来没有一个逃得过。除非雇主临时改变主意，并愿意付出双倍佣金，他们才会停下手中的剑。

数月前，莫行南的好友楚疏言无意中得罪了某人，引来尽堂追杀，在安郡的月老祠，莫行南以一敌六，拼得一身是伤，硬是把好友从尽堂剑下救了下来。

　　今天，幽灵般的六道人影一出现，阳光似乎都阴沉了几分，趟子手们纷纷护住镖车。郑姓镖师颤声道："这……这是振威镖局押的镖，你们……你们……"他待要说几句场面话，却被为首那个黑衣人看了一眼，握剑的力气似乎都要消失了。

　　那一眼冷若寒冰，似乎要把人的血脉都冻起来。

　　望向莫行南时，这人发出一阵刺耳的笑声："莫少侠的神勇天下皆知，我是个生意人，虽然偶尔打打架，却还不是莫少侠的对手——我们来谈笔生意如何？"

　　莫行南冷冷一哼："尽堂最近穷到没饭吃了吗？连这样一趟镖也要劫？"

　　"哈哈哈……"黑衣人笑得极为刺耳，"你当我想要的，是这样一趟镖吗？"

　　莫行南皱眉："那你要什么？"

　　"听说莫兄前些日子找到了绿离披，小弟不才，对这等奇花异草一向十分感兴趣，想借回去赏玩两日，如何？"

　　居然是冲绿离披来的！

　　好快的消息！

　　阿南被黑衣人扣住经脉，无法动弹，软软地靠在那人肩上，眼睛一眨不眨地望向莫行南，眼中充满了惊恐与企求。

　　他看到她在说："救我……救救我……"

　　这样兵不血刃地把东西交出去，是莫行南最大的耻辱。可是为了自己而使身边的人送命，也是莫行南最不愿为之的事情。

绿离披

汗滴缓缓从莫行南头上滴下,内心似有无限挣扎,半晌,他问:"我把绿离披给你,你马上放了她。"

黑衣人点头。

莫行南收刀回鞘,从怀里掏出那株奇异的仙草。

虽然离土多日,依然颜色如初,半点儿也没有枯萎的迹象。

黑衣人示意身边一名手下去拿,莫行南道:"先放了她。"

黑衣人道:"你把东西交给他,我就放人。"

莫行南道:"你先放人,我再交东西。"

两人僵持。

半晌,黑衣人哑然一笑:"也罢,你这位美人内力弱得可怜,我也不必这样防着她。她走三步之后,你也把绿离披扔到三步处,公平吧?"

两边之间的距离,有二十几步。同样三步的距离,看似公平,若把阿南与那名杀手的内力计算进去,却明显吃亏。

可是莫行南偏偏不懂得做生意,道:"好。"

黑衣人眼中闪过一丝得意,松开了阿南的脉门。

似乎因为方才的惊吓,有些步伐不稳,阿南走得弱不禁风,身子都有些轻颤。

一步……

莫行南上前三步。

两步……

莫行南将绿离披放在地上。

三步……

莫行南已经退回到原来的位置。

一名黑衣人领命而出,身形快如飞鸟,扑向绿离披!

然而飞鸟再快，也快不过清风。

他只觉得颊边有一阵幽冷的风吹过，本来就在眼前的绿离披却不见了踪影！

而那个本来连走路都显得吃力的女孩子，居然已经笑吟吟地站在了莫行南身旁，手里拿着一株墨绿花草，可不就是绿离披？

饶是诡计多端的杀手，也被这鬼魅般的轻功骇住了。

"哈哈哈……"黑衣首领再一次长笑，声音难听至极，"没想到莫行南也会使诈！没想到世上有如此高明的轻功！好，好，好……只是，莫兄可有想过，这位姑娘轻功虽高，却全然不谙武功，逃命或许一流，要凭你们七个人敌住我们，却远远不够。"

"你说得一点儿也不错。"答话的却是阿南，她嫣然一笑，"你的武功已经差不多与莫行南一样高了，另外五个也都很厉害，我们的确打不过你们。可是我偏偏会这逃命的轻功，打不过，我一逃就逃开了，再忍不住，我就把这株草吃下去，到时候，就算你们找得到我，也是白忙活一场。"

她虽然语笑嫣然，可是每说一句，黑衣人的眼睛就更冷一分，到了最后，他阴沉的目光盯着她："姑娘到底是什么人？"

"我叫阿南！"她脆生生地说，还附送一个明艳的笑容，"要记住哦。"

黑衣人冷冷一哼，不再说话，身子已如飞鸟般掠起，转眼便不见踪迹。另外五个黑衣人，亦跟着消失在这片林子里。

阳光依旧透过树梢洒下来，鸟儿重新开始鸣叫，那冰冷的杀气撤去，一切似乎又恢复了生机。

"他怎么抓住了你？"

第四章 恩怨

晚上，莫行南问。

"我骑在马上，一个人挂在树上，忽然向我伸出手。"阿南答得有些许无奈，"他的招式很怪异，我不知道他要攻击哪里，没躲过去。"

她虽然轻功绝顶，却从来没有练过其他武功招术。

"哎……"她拉了拉他的袖子，"如果他们真的拿我换走了绿离披，你会不会后悔？"

莫行南没反应，似是陷入深思。

她拿手在他面前晃两晃："喂！"

"啊？啊。"他状如从梦中惊醒，"什么事？"

"你在想什么？"阿南忍不住埋怨，"跟你说话没听见？"

"在想我今天的眼睛是不是有问题。"莫行南苦笑，"觉得你长得像李轻衣不算，看到那黑衣人远去的背影，居然觉得他很像我一个朋友。"

提到李轻衣，阿南忽然板起了脸，一声不吭地回到屋子里，吃晚饭的时候才下来。

而莫行南还在琢磨："你说尽堂的人怎么会知道我弄到了绿离披？"

阿南忍不住翻了翻白眼："你那天在襄城献宝似的掏出来给大家看，人多嘴杂，难保不会有人说出去。"

"啊，是了，一定是那次。唉，一时喝得高兴就拿出去了……"他有点儿懊恼地拍拍头，"江湖就这点不好，有点儿好东西大家就都来抢。唉，好在已经快到苏州了，我们把绿离披给李夫人吃下去，万事总算大吉。"

阿南冷冷地哼了一声："正好你也可以去见李轻衣，不错不错。"

"喂,我是不想把这个麻烦放在身上好不好?"

"那就放我身上好了。"她冷冷地说,"还有,再说一次,我不叫'喂',我的名字,叫作阿南。"

莫行南好气又好笑,抓抓头:"可是这好像在叫我自己。"

"你明明叫莫行南,怎么会是叫你自己?"说到这一句,她自己先笑了,"这样的话,我们好像说过一次了。"

她这样发自内心的微笑,双眸总有淡淡的星光。莫行南不无感慨地道:"小姑娘就是要这样笑啊,多好看!"

她轻轻地哼了一声,不知是表示反对还是默认。

"呃,阿、阿南。"他看着她,虽然叫这个名字无比怪异,目光却十分认真,"你不介意我先送绿离披再找你家吧?"

"不介意。"她心情好的时候,脾气也出奇地好,"反正苏州也在江浙,我们可以一个一个地方去找。"

"那就好。"莫行南松了老大一口气。

顿了顿,她想起了什么似的,问:"李轻衣长得好不好看?"

"嗯,好看。"

"我呢?"

"也好看。"

"那我们两个,谁更好看?"

"这个……"莫行南大感棘手,"这怎么好说?反正到了苏州你也能看到她,到时就知道了。"

"她的头发是不是很长?"

"嗯……女人的头发都比较长吧。"

"可是我的不长。"

第四章 恩怨

"你还是小姑娘嘛，慢慢就长长了。"

"谁说我是小姑娘？我十七岁了！"她向来翻脸如翻书，上一刻的温柔全变作怒气，"你那个李轻衣，也不过比我大两岁而已！怎么她就是女人，我就是小姑娘？"

"呃……"此时此刻，莫行南深刻体会到郑镖师的那句话了：切莫在一个女人面前，提起另一个女人。不管这个女人是小姑娘还是大姑娘。

不过事实证明，小姑娘发起脾气来，似乎比女人还要可怕一点儿。

莫行南早上起来喝粥，只觉同桌的镖师个个目光诡异，脸上更是一副拼命忍笑的表情。莫行南兴致颇佳，问："怎么了？有什么好笑的事吗？难道江湖又出了什么新鲜事？"

"呃，呃……没有，没有。"

"哦。"莫行南不无扫兴地埋头喝粥。

在另一张桌子上的阿南照例只喝了几口米汤就算是吃完了早饭，正慢条斯理地喝茶，这时悠悠地道："时候不早了啊，我们是不是该早点儿上路了？"

一众镖师连忙从桌子上撤离，飞快地奔向后院拉镖车，身影很快消失在莫行南的视线里，几声明显憋了许久的笑声却从后院传来。

他们消失的速度令莫行南大感惊奇："你指点他们轻功了？"

"没有啊。"

"那他们怎么跑这么快？"

"这个嘛，我可不太清楚。"她说完，忽然问，"莫行南，你早上会不会洗脸？"

"当然洗。怎么？我有眼屎？"

"会不会照镜子？"

"照镜子干吗？我又不是女人。"

她笑了："我想，以后你还是照照镜子再出门吧。"

莫行南不耐烦了："喂，到底怎么了？"

她的笑容登时凝住，冷冷地望向他："你叫我什么？"

莫行南咳嗽一声，强行把那口冲到脑门的憋屈气吞回去："阿南。"

她这才满意，掏出一面菱花小镜，递给他。

那镜子实在太小，放到面前只照得出一只眼睛，莫行南左照右照，照不出名堂，把镜子丢还给她，好奇心已经被折腾殆尽："什么东西，算了算了，上路了！"

在路上，郑镖师悄悄地问："莫少侠，你是不是又得罪阿南姑娘了？"

"好像没有吧？除了昨天那趟事——那也不算得罪吧？怎么？她跟你说我得罪她了？"一想不可能，阿南只跟他一个人说话，对别的人都爱答不理——对敌人除外，他忽然发现她昨天对那帮尽堂杀手笑得真欢。

"那阿南姑娘为什么……为什么……呵呵……啊，咳咳，那个，为什么会剪掉你的头发呢？"

"什么？"

莫行南往头上一摸，哇呀呀，他那一头有型的头发，忽然只有齐肩长，而且被剪得参差不齐，好像被狗啃过。

"阿南！"他悲愤地唤这个名字。

"呃，我是猜测，猜测啦。"郑镖师连忙撇清关系，"早上我们都在笑，只有阿南姑娘不笑，可见——"

"不用可见。一定是她。"

只有她才能神不知鬼不觉地剪掉别人的头发。

听到呼唤的阿南缓缓打马而来，问："莫少侠有何吩咐？"

郑镖师赶紧溜之大吉。

莫行南悲凉而愤怒："你为什么要剪我的头发？"

她举目四顾："哦。闲来无事，剪着玩玩。"

莫行南简直要从马上跳起来："身体发肤，受之父母，你懂不懂？"

"我不懂。"她淡淡地说，"我又没有父母教，哪里知道这些？"

莫行南一下子被这句话堵回去。

她总是知道什么样的话说出来最有效果。莫行南脾气虽然不太好，心地却很善良，一提到父母家园的事，都会让她三分。

他让她，她也知道，语气缓和下来，道："再说，我的头发不是也这么短吗？我一个女孩子都不怕头发短，你怕什么？"

莫行南愤然，掏出酒葫芦一顿猛灌："我要去求亲，你知不知道？这样子叫我怎么见人？"

"我这样子不是一样见人吗？"她的声音猛地尖锐起来，眼中也有了一片冷芒，"那个李轻衣若是因为你头发短就不要你，那这样的老婆不要也罢！"

她说着，脸上就浮现出一片痛苦之色，再不说话，打马远去。

她总是这样，一不开心就一个人飞驰而去，莫行南拍马追了两步,忽然皱起眉,回身继续跟着镖队前行。

郑镖师问:"莫少侠怎么不去追?不要再发生什么意外才好。"

"要有事也是她自找的。"莫行南一肚子火,"莫名其妙,我又没做什么,是她剪了我的头发,她却发起脾气来,我哪里管得了那么多!"

话音一落,忽然有人道:"好,这是你说的!"

居然是阿南的声音,原来她并没有走远。

然而说完这句话,她竟扔下马匹,独自踏着树梢,走了。

莫行南习惯性地追出去两步,猛然又止住马头,脸上的怒气重了一层,向众镖师吼道:"还不快点儿赶路,天黑前还要找宿头!"

那个女人,几乎要把他的肚子气破了。

无理取闹的是她,使性子的是她,发脾气的是她,当初骗他去引龙蟒的也是她!

莫行南,堂堂男子汉,为着当初那句承诺,已经忍气吞声受了她诸多小性子,她还得寸进尺,无法无天!

要是她回来,他一定连看都不看她一眼,让她知道自己到底有几斤几两,竟然随随便便就跟莫大爷发脾气。

你见莫大爷哄过哪个女人?

他胸中似有无数浪头翻腾,怎样都无法平息,一双筷子插进汤碗里,手腕止不住地轻颤。

郑镖师看着这号称江湖第一少年高手的怒气,颠颠地道:"莫,莫少侠……"

莫行南挟着怒气看了他一眼。

他一个哆嗦，吞了口口水，唉，混口饭吃不容易啊！"碗……"

莫行南对他的结结巴巴啰啰唆唆很不耐烦："什么碗？"

"碗……破了。"

"碗好好的怎么会破？"心情不好，莫行南的口气也很糟糕，"你眼睛长到哪里去了？"

"破的不是你的饭碗……"郑镖师无比心痛地盯着桌子中那碗陈皮老参鸡汤，"破的是汤碗……"

"呃……"莫行南诧然地收回手，原来他心中愤怒，手上也不知不觉用力，汤碗居然给他用筷子戳出了两个洞，浓香的汤汁流了一桌。

还是一个镖师机灵，把小二叫来骂他用破碗盛汤，命他再上一碗。

莫行南却没有心情再吃下去，打开葫芦，喝酒。

直到晚上，阿南也没有回来。

整晚莫行南都睡得不安宁，每一阵风过，都以为是她回来找他了，起身却不见半个人影。

难道她迷路了？本来是想来找他的，却找不到路？

难道又遇上了尽堂的人？

难道，光阴教找上了她？

每一个设想都危机重重，莫行南惊出一身冷汗，再也睡不下去了，骑上马就往来路奔去。

星光惨淡，月影重重，四下里茫茫一片，不见半个人影。

他心中又焦又急，如有火烧，再往前走，碰到两个和尚。

进问武院之前，莫行南曾在少林寺待过一年，认得这两个和尚，一个是法字辈的小和尚，另一个，却是镜字辈的高僧，白须飘然，宝相庄严。

镜字是如今少林寺中辈分最高的排行，见了他，莫行南哪怕再急，也不得不下马行礼，问安，镜轮禅师微微点头："莫施主行色匆匆，难道也是找那位女子？"

这话让莫行南一震："禅师指的女子是……"

镜轮禅师还没答话，身边的法见小和尚声音颤抖，道："就是那个妖女，她不由分说，一出手便杀了我两名师弟，手法残忍无比。"

莫行南只觉得一颗心猛地往下沉，好像再也无法起来，忍不住颤声问："她……她长得什么模样？"

"穿一身白衣裳，身形瘦削如鬼魅……"法见一面说，身子一面颤抖，"那妖女出手极快，一个照面便夺了法空师弟的戒刀，一刀杀死了他，又不由分说，杀死了法明师弟……"他说着，居然哭了起来，"那妖女好狠毒！"

镜轮禅师沉声道："自从那位神秘前辈一统江湖，设立阅微阁、问武院，天下一直太平。没想到继尽堂之后还出了这等妖女，我已派弟子赶去阅微阁呈报此事，希望江湖侠友拔刀除魔。莫施主一向以除魔卫道为己任，年纪轻轻，已是侠名远播，不妨同我一同找出妖女，以安天下。"

法见道："师祖，莫少侠是问武院的辛卯身刃状元，当然会跟我们一起。我们不用在这里耽搁时间了，那妖女就是往这个方向去的，她身法奇快，再不快点儿，不知还能不能追上。"

第四章 恩怨

莫行南嘴里发苦，心里发苦，整个人似乎都掉进了黄连汤里，张了张嘴，也是又苦又涩。一直燃烧在胸中的火焰，有一半忽然化作了冰块，在他的心里，一下火一样焦灼，一下冰一样寒冷。

她竟然杀了人！竟然杀了人！

还是少林寺的出家人！

莫行南不知道自己怎样跟着镜轮禅师他们走的，一面走，一面听着法见与镜轮商量捉到她之后怎样处置。

关入问武院的地牢？

那里全是十恶不赦的罪人，而她，只是个什么都不懂的小姑娘！

杀死以告慰天下？

不，她只有十七岁啊！还心心念念，想找到自己的父母。她在鱼篮山上受了那么多苦，不能连片刻的天伦都没有享受到，就下黄泉！

是的，不能！

不能！

他深深地吸了口气，向镜轮告辞。

两人好生诧异，法见更是不解："莫少侠，你不是最好惩恶扬善吗？此事怎能袖手？"

"不，不……实在是因为我答应了替人押镖……"莫行南自己当然也知道这个借口多么无力，却不得不说下去，"我答应振威镖局在先，遇上此事在后……还望两位见谅，等这趟镖送到，我再来助两位一臂之力。"

见他如此，镜轮也不好多说，只道："信字乃道义之先，莫施主去吧。"

莫行南如蒙大赦,飞快地打马离开。

跑出一段路,他才勒住缰绳,深深喘息。

他在干什么?

不论怎样,是她杀的人,杀人抵命,错只在她。

他想干什么?想袒护她吗?

他深深地闭上眼睛,心中的道义与对她的同情强烈挣扎起来,几乎要绞碎他的五脏六腑。

回到客栈的时候,天已经大亮,郑镖师等人已经在门口等他,他只觉得浑身乏力,吩咐上路,便骑着马跟在后面,不发一言。

一路过来,郑镖师同他颇为交好,忍不住问:"莫少侠,你有事吗?脸色似乎不太好看。"

"没事。"莫行南说。说完又垂下了头。

莫行南从来不是一个惜字如金的人,现在这样,只怕真的有事。

然而郑镖师也知道自己帮不上什么,只能道:"前方就是苏州城了,今日便能把货送到苏州分局,莫少侠,一路辛苦你了。"

莫行南"嗯"了一声,也不知有没有听进去。

下午便进了苏州城,郑镖师等人自去分局交货。莫行南不是在职镖师,虽然按说也该去一趟,但郑镖师见他心绪不宁,不敢劳烦,还殷勤地道:"城中有座升悦楼,是苏州最好的酒馆,莫少侠若有时间,不妨去那儿喝两口。"

莫行南摸了摸酒葫芦,已经空了。而他,也真的需要好好喝一杯。

第四章 恩怨

江浙富庶，苏州更是风景秀丽，人物丰美，升悦楼雕梁画栋，华丽非常，薄暮时分，华灯初上，楼上隐隐有旖旎歌声传来。

莫行南浓眉深锁，无心欣赏景致，在上升悦楼的时候却被小二拦住。

那小二不住作揖："对不住，对不住，今天本楼给人包下了，客官明天再来吧。"

莫行南也不跟他计较，把酒葫芦和银子一起递给他："我不上楼。打壶酒，要最好的。"

"是，是。"小二接过酒壶上楼去。不一会儿下来，莫行南皱眉："酒呢？"

小二居然是空手的。

"酒葫芦给一位公子爷扣下了。"小二说，"他说是您的朋友，请您到楼上坐坐。"

楼上开阔却不失雅致，只坐了两桌人。

一桌彩衣缤纷，珠翠盈目，是七八个美貌女子。

另一桌，坐着一名华衣公子，还有一名少女。

哪怕这里有千百位佳人，任谁进来，第一道目光，还是忍不住落到那位公子身上。

只见他一袭华衣，长发用珠冠束起，脸如玉，唇如朱，靠着椅背，微合着眼，似醉非醉、似笑非笑地看着莫行南，浑身上下，晔晔照人。他举起酒杯，遥遥一敬："没想到在这里见着你的酒葫芦。"

莫行南默不作声地走过去，默不作声地坐下，目光却牢牢地盯在公子旁边的少女身上。

她身形纤瘦，脸色苍白，两道娇煞眉目微微上扬，看也不看莫行南,自顾自地夹起一筷子鱼肉,送进嘴里。

公子浅浅道:"行南,安郡一别,许久不见,今日一晤,你却盯着我的美人看,不怕失礼吗?"

"你的美人?"莫行南猛地一震,怎么到处都能听到有关她的骇人听闻的传言?

"这位阿南姑娘,是我新收的姬妾。"公子望向她,眼角含笑,"连行南这样的豪侠人物都看得目不转睛,我的阿南果然迷人。"

他一口一个"我的阿南",听得莫行南非常不舒服,问:"你什么时候遇上她的?怎么收了她?"

不等他回答,莫行南又望向阿南,恨恨道:"那两个和尚,是不是你杀的?"

阿南轻轻喝了一口汤,悠悠地擦了擦嘴,答:"是。"

"是?"莫行南暴怒,"你还说得如此轻巧!那两个出家人跟你无冤无仇,你为什么杀他们?"

她仍旧淡淡的:"因为我不高兴。"

"你——"莫行南胸中气血翻腾,忍了忍,忍了又忍,方掉过头去,向那华衣公子道,"她昨夜杀了两个少林僧人,你知道吗?"

"知道。"他居然也答得同样悠然。

莫行南几乎气得说不出话来:"你以为你是娑定城少主,他们就会放过她吗?"

娑定城少主。

这美貌的少年公子,居然是名满天下的兵器之城少城主,百里无忧。

第四章 夙怨

只见他微微一笑,倾国倾城:"你不说出去,谁知道她在我这里?我的姬妾,出门俱以轻纱蒙面,难道还有人想挑开她们的面纱——查看吗?"

莫行南语塞。

江湖中有四大势力,不可轻忽。问武院名声最大。唐门数百年声威,更兼能人辈出,有些甚至连问武院的面子也不给。

药王谷遗世独立,从不掺入任何恩仇。

还有就是娑定城。

它亦少涉足江湖——如果少城主带着美貌姬妾四处游荡也算的话,另当别论——然而它的影子无处不在。

娑定城中神兵无数,是江湖中人梦寐以求的兵器买卖之地。更兼一直为大晏军队提供精良兵器,甚为当朝器重,在朝在野,都极有分量。

少城主姬妾的面纱,的确没有人敢掀。

可是……

"你的父母呢?家呢?不要了吗?"莫行南看着那纤瘦的少女,眼睛里似乎要冒出火来,"不错,你找到了一个很好的靠山!做百里的姬妾,没有人找得到你!但是,你不要你的爹娘了吗?"

百里无忧饶有兴趣地插话进来:"爹娘?"

阿南神色数变。在刹那之间,恐惧、贪恋、不舍、渴望等种种情绪在她脸上闪过,最后却化为冷冷的嘲讽,她道:"你不是说不管我了吗?这些事用得着你操心吗?"

"你——"

莫行南的眼睛里似要滴出血来,满腔急怒、忧心、挣扎都在这一刻喷薄而出,他忽然长声大笑:"我有说管你吗?有说管你吗?

我来这里，只是为了把你带到阅微阁，替那两个无辜僧人偿命！"

他说着，左手就往前抓。

阿南似乎不敢置信："你要抓我去送死？"那一刻的心痛与震惊，竟然让她忘了躲闪。

莫行南的手眼看就要抓住她的肩膀，斜刺里插进来一把折扇，百里无忧悠然道："行南，朋友妻不可欺，你难道不知道吗？"

两人一交上手，升悦楼上气氛陡变！百里无忧的佳人们个个花容失色。

莫行南不知从哪里来的愤恨，竟然全力出手，好在两人武功不相上下，倒也不会造成伤亡，百里无忧一面招架，一面道："行南！你疯了吗？真的连我都打？"

莫行南不搭话，下手更快，百里无忧见他一轮轮重掌压过来，就差没拔出背月关刀，这样打下去也没完没了，他忽地将身体一折，口中一声痛呼，退到雕栏边上。

莫行南一怔，自己似乎没有伤到他。

百里无忧见他停手，才笑着整了整衣襟："咱们多年老友，怎么一见面便要打个你死我活？人在江湖，本来就在刀口讨生活，今天你不杀我，明天我就杀你。那两个僧人，算他们倒霉好了，从此早登极乐，也是一件幸事。"

"你做戏？"莫行南这才反应过来，蓦地有些悲愤，"很好，你们都很会做戏，实在是天生一对。"他仰首长啸一声，目中不知怎的，忽然有了泪意，他为这酸楚的情绪自嘲地一笑，道，"她一心想找的父母，大约就在江浙一带，你财大势大，应该更容易帮她找到。今天，就当我没上过升悦楼，你赶快带她回娑定城吧。"

他说完，只身跃下酒楼，连从不离身的酒葫芦也不要了。

百里无忧望着他离去的方向,有片刻的怔愣,回过头来,向阿南道:"你也看见了,此地不可久留,跟我回城吧。"

"是你叫我跟你走的,我并没有答应做你的姬妾。"阿南冷冷道,"既然不是你的人,为什么要跟你回去?"

百里无忧微笑:"我是为你好。"

"你让我上马车避开那两个和尚,我会记得。"

百里无忧叹了口气:"我本将心向明月,奈何明月照沟渠。也罢,你有什么打算?"

"打算?"一道凄伤而又狠厉的光芒在她眼中一闪而过,她冷冷一笑,"他不是叫我去偿命吗?那我就去偿命好了!"

第五章 苏州李家

绿离披

九月的苏州，夜风有些凄冷，莫行南从一家小酒馆出来，酒意被这冷风一吹，顿时涌上来。号称千杯不醉的他，居然头重脚轻起来，望着苏州城里的繁华灯火，一时头脑发晕。

阿南的事，到此结束了吧。就算以后去娑定城，也不可能探望百里的姬妾。

而怀里的绿离披依然墨绿，宛若刚刚离开泥土，他此行的目的地，就在前方。

从这条巷子里进去，再过一条街，好像就可以到李轻衣的家了。

他一脚轻一脚重地往那条巷子里走，不小心踩到一样软绵绵的东西，紧接着有人惨叫起来："哎哟，哎哟！长眼睛了吗？竟敢跑到大爷家里来，还敢踩大爷的腿！不知道大爷是丐帮的人吗？"

一个黑瘦的小乞丐站了起来，虽然还不到莫行南肩膀高，却不由分说地抓住了莫行南的衣襟，道："你是什么东西？赶快给大爷磕个头赔不是！"

莫行南不耐烦地挥开他，步伐踉跄地继续往前走。淡淡的星光洒下来，照出他背上那把长刀，小乞丐猛地一跳："你……你……

你这把刀,不会是背月关刀吧?"他还没有回答,小乞丐已自语道:"又喝这么多酒……天哪,你不会是行侠仗义、打抱不平、喝酒与打架不要命、拜师与娶亲不花钱的背月关刀——莫行南吧?"

今天听到自己响亮的名号,他居然也提不起精神来,只是淡淡地道:"我是。"

"啊,跟传说中一模一样啊!莫行南,我居然看到了莫行南!"小乞丐满眼星光地陶醉半天,忽然激动地摸摸自己的腿,兴奋地叫道,"呜哇,我的腿被莫行南踩过啦!"

饶是半醉,莫行南也忍不住尴尬地抓了抓头,他好像没有有名到这种地步吧?

"莫大侠!你是我的偶像啊!"小乞丐满眼都是崇拜,就差没有跪下来亲吻莫行南的脚背了,"连少林寺镜字辈高僧都搞不定的妖女,也乖乖地听你的话认罪服法了啊!经此一役,莫大侠你的江湖声望排名起码要往前提三个到五个啊!你的武功已臻化境,不只是少年第一高手啊,号称江湖第一高手都没问题!"

他这一通马屁拍得震天响,莫行南却只听进去一句话,脸色刹那间就变了:"你说什么?什么妖女认罪服法?"

"就是那个杀少林弟子的妖女啊!哇,莫大侠,你没亲眼看见那个场面,真是可惜!那妖女自己找到镜轮禅师,说你让她去偿命,她就乖乖来偿命了!"小乞丐一脸兴奋,"制服敌手没什么了不起,可是莫大侠你居然能让那妖女自己上门领罪,真是了不起啊!何况那妖女一身鬼魅般的功夫,轻飘飘一阵风似的就吹到了镜轮禅师面前,连禅师自己都说,如果不是她送上门来,他也不知何时能找到她呢!"

说着,他又一跳,说道:"啊,差点儿忘记了!镜轮禅师托我

第五章 苏州李家

们丐帮弟子传信给你，说你的镖要是押完了，就到望舒山阅微阁一趟，一起处置那个妖女，呵呵，莫——呃……"正说得兴起的小乞丐忽然眼前一花，巷子里风声寂寂，只剩下自己的呼吸，哪里还有半个人影？

"果然，果然是好功夫啊！"小乞丐仰慕地叹息，"跟那个妖女的轻功有得一比！"

少林寺的出家人，虽然恼阿南杀害自己的门人，却也慈悲为怀，没有苛待她。吃饭一个桌上吃，睡觉她睡床，两个人在房里打坐。只是顾忌她那鬼神莫测的轻功，吃饭睡觉都封住她双足经脉，走路便封住双手经脉。

莫行南追上来的时候，他们已经出了苏州城。见到莫行南，两名僧人都露出了欢喜的神情，法见更是热情地端茶倒水，镜轮已经满脸欣慰地表达了一通长江后浪推前浪、一代新人胜旧人之类的感慨。

阿南坐在桌上，脸上毫无表情，看不出喜怒。

待镜轮的感慨、夸奖、鼓励进行到尾声时，莫行南抱拳道："晚辈前来，其实有个不情之请。"

"好说好说。"镜轮对这位侠义无双的少年真是喜欢到了极点，几乎到了有求必应的地步，知道莫行南好武成痴，笑眯眯地道，"你可是想学七十二绝技？"

"不是。"莫行南一咬牙，把话说出口，"晚辈要带她走。"

镜轮与法见一怔。

阿南的冰封般的脸上，忽然就有春风吹过，湖面解冻，春水碧清，她微微张了张嘴，似乎发出一声满足的叹息。

"这位姑娘身世可怜,我想请前辈给我一点儿时间,让我为她找到父母家人,再来议处不迟。"莫行南神情郑重,因为赶路,脸上满是风霜,那双明亮的眼睛,不知何时起,已经渐渐失去了神采,他看上去,似乎十分疲惫,"前辈也说,信字乃道义之先,这件事,我曾经答应过她。"

镜轮沉吟,半天,开口道:"人是你擒来的,现在要带走,也只好由你。只是你也说了,信字乃道义之先,别忘了帮她找到父母之后,就把她交给我。"

莫行南郑重地点点头。

镜轮解开阿南的穴道,末了,向莫行南道:"莫少侠,我信你。"

莫行南肃然。

有时候,一个"信"字,会比怀疑有更大的力量。

可以让一个原本就对你存有怀疑的人失望,却万万不能辜负一个信任你的人。

莫行南带着她,走出镜轮的视线。

确定不会有人听到他们说话的时候,他沙哑地问:"为什么?为什么你明明可以安全地跟着百里,却还要跑来认罪?"

"因为你要我来偿命啊!"

这句话,她说得天真烂漫,活泼非常,仿佛就在说:"因为你要我来吃饭啊!"

他却无力同她争辩,疲倦地闭上了眼睛。

她关切地问:"你很累?"

见他不说话,她妥协:"好啦,告诉你啦。我在跟自己打赌。"

"打赌？"

"赌你会不会来救我。"说着，她笑了，笑容如此幸福快乐，"你果然来了。"

莫行南摇头："你在拿自己的性命做赌注。"

"那又怎样？"她快活地抱住他的胳膊，"最重要的是，你来了。所以，我赢了。"

可是我输了。

输掉了一直引以为人生原则的江湖道义。

让她跟百里走的时候，他就输了。星夜兼程再来带她走，他输得更惨。

他真的有说不出的疲倦，仿佛从来没有那么累过。他轻声道："阿南，一个人犯了错，就一定会受到惩罚。你无缘无故杀了那两个僧人，迟早，我都得把你交出去。"

"到时我就溜啊！带着我的爹娘，一起躲到一个谁也找不到的地方去。他们也知道我的轻功好，你就说看丢了，也没什么大不了的。"说着，她一顿，道，"还有，谁说我是无缘无故杀他们的？他们一见我的轻功就说见鬼了，有一个倒说我是人，另外两个却说真要是人，明明是个女的，怎么会留这么短的头发？一定是怪物。我就把他们杀了，那个说我是人的，我就没有杀。"

"就因为他们说你头发短？"莫行南只觉得心底升起一丝寒意，对眼前这个女孩子，也许他从来就没有了解过。

哪怕她换下了黑衣，哪怕她时或娇俏天真，但骨子里的偏激与血腥气质，一直存在。

阿南闷闷地瞪了他一眼："还有你说不管我了，我气极了。"

下一刻,她脸上又有了笑容,"不过还好,你到底还是会管我的,对不对?"

莫行南无语,只道:"走吧。我们去找你的爹娘。一会儿我拜托丐帮的朋友,各处打听一下十二年前走失女儿的人家。"

"不要。"

"不要?"他拧眉,她不是心心念念要找爹娘吗?

"找到我爹娘的日子,就是和你分开的日子。"她微微地叹了口气,眼中湖泊再次不可见底,"你总不能和我一起躲一辈子吧?何况,你还要娶李轻衣……我们,先去李家送绿离披吧。"

她说到"李轻衣"三个字,声音又低又轻,恍若一声叹息。

李家世代经商,虽然不如杭州花家那样富可敌国,在江南一带也颇有名气。尤其是这一代的家主李中泽,年轻的时候在武当学了几年武,也好在江湖上做些锄强扶弱的事情,后来虽然被老爷子押着回家做生意,江湖上的朋友却一个都没有落下。

其中最有名的,便是长青子。

李中泽当年学艺的时候,长青子是大师兄。师父偶尔偷偷溜出去喝个小酒什么的,就是由这位大师兄代师授艺。对李中泽来说,他亦师亦兄。后来李中泽回家做生意,长青子做了武当掌门,两个人的私交仍然非常好。李夫人当年病重,便是长青子只身取来绿离披,送给了李中泽。

对这位高风亮节的武当掌门,莫行南一向崇敬有加。两年前他从问武院毕业的时候,第一件事就是跑去武当,要求跟长青子过招。哪知这位高人只是微笑地让他施一路最得意的武功。莫行南倍感羞辱,他是问武院辛卯身刃状元,别说十八般武艺,就是三十六般也样样精通。长青子却道:"多即难精,杂即不纯,小兄弟,你回头练十年八年,再来找我也不迟。"说着,便飘然走了。

莫行南哪里肯放过?就在武当山上胡吃海喝混了大半个月。他是问武院弟子,有观摩各派武功的特殊权限,武当也不好赶人。但白吃白喝也就罢了,最不可饶恕的事情发生在他上武当的第十六天,武当早课人数少了大半,长青子急怒之下得知:这些弟子都被莫行南拉去喝酒赌钱了!

这下真人动了真怒,二十招内便夺了莫行南的背月关刀。

莫行南当即傻了眼,此后武功每有进益,便忍不住自问:此时此刻,我能挡住长青子几招?

"那你现在大概能挡住几招?"

莫行南想了想:"两百招,应该没有问题。"

阿南吐了吐舌头:"两年时间,便从二十招到了两百招,不错嘛!"

莫行南闻言笑笑。

阿南盯着他看了半天,问:"就快到李家了,你不高兴吗?"

"没有啊。"

"那你有什么心事吗?"她凝望着他,"你平常不是这样笑的。"

莫行南抓抓头:"是吗?"

"是啊!要是有人夸你武功厉害,你早就笑得合不拢嘴,笑得不可一世了。"可是现在他只是动了动嘴角,似乎满腹心事。

被她看出来了……

虽然一路上他都在不停地说话,她还是看出来他的不同,他有些沉郁地叹了口气,问:"你后不后悔杀那两个僧人?"

"那是他们自找的。"她半点儿也不思悔改。

莫行南再一次叹了口气:"可是,如果你没杀他们,你找到父母之后,就可以快快乐乐地过日子,不用东躲西藏。"

阿南低下头:"杀都杀了,还有什么好说的?"片刻,她又抬起头来,"快走吧!我真的很想早点儿看到李轻衣,看看你喜欢的人,到底长什么样子!"

说着,她异常轻快地走到了莫行南前面。

虽然她也是一直说说笑笑,但是,她也是有心事的吧?

他对于人的心思,一向比较麻木。但看着她消瘦的背影,不知怎的,忽然就觉得那瘦弱的双肩上,有沉沉的重担。

她一定也是有心事的,只是,掩饰得比他好而已。

李家到了。大户人家,宅院深深,葱茏的草木隐约可见。

莫行南叩响了门环,片刻,大门"吱呀"打开,头发半白的仆人似乎还认得他,露出一个祥和的笑容:"原来是莫公子,请,请。"

引着他们进了门,又道:"小姐在花厅弹琴呢。"

不用说,他们也听到了。

琴声潺潺,有若流水,音色美妙。只是曲调有些哀婉,衬着这深秋的景致,不免有些凄凉。

莫行南跟着仆人往花厅去,身边却不见了阿南,一回头,只见她怔怔地站在原地。

"这就是李轻衣在弹琴吗?"她喃喃地问。

莫行南点点头,示意她跟上来。

曲径幽深,转过小桥流水,假山松石,到了花厅。

李轻衣背对着他们,正在抚琴,长长的黑发披在身上,在白衣的衬托下,无比醒目。似乎听到人声,她回过头来,见是莫行南,眸子里刹时有了惊喜,微微一笑。

琴声骤停,这一笑,似乎已让大地回春。

"莫公子,许久不见。"她轻轻地开口,声音丝毫不逊于琴音,轻轻盈盈地福了福身。

莫行南抱拳答礼:"李姑娘,别来无恙。"

阿南在旁怔怔地看着,怔怔地听着,恼怒、委屈、愤恨、痛苦……种种神色渐渐漫上了她的眼睛,她蓦地向莫行南尖声道:"你骗我!"

莫行南一怔,不知道为什么一路上提到李轻衣时她都安安静静的,此时却又突然发起怒来。

"你说江浙人喜欢穿白衣服,像轻纱似的。女人的头发很长,头上没有什么乱七八糟的钗环,只有一支玉簪。说话和和气气,特别斯文。弹琴很好听。声音也很好听。"他说的话,她一字不差地记得,然而每说一句,她眼中的伤痛就深一分,泪珠终于忍不住流了下来,颤声道,"江浙人根本不是这个样子,你说的人,是她。"

莫行南一呆,当初她非要问江浙人的模样,他只好随口照自己记得的说。

"还有,我哪里像她?"阿南一声比一声问得凄楚,流泪的双眸望向李轻衣,喃喃道,"她那么美丽,那么高贵,只戴一支簪子就已经是天仙,我再穿得五颜六色,也是个小姑娘。"说着,她忽然笑了起来,"哈哈,哈哈,难怪你说她是女人,我是小姑娘,跟她一比,我可不就是个小丫头吗?"

阿南眼中流泪，脸上却在笑，一双眼眸如黑夜的湖泊，谁也看不出那里面是什么。莫行南忍不住去拉她的手："你跟李姑娘本来就不是一样的，也没必要比——"

"当然不用比！"阿南笑着，泪却不断落下，"根本，就不是一样的人……不是一样的人啊！"

最后一句，凄厉而悲伤，话音未落，她已经旋身而起，如一阵清风消失在庭院之中。

李轻衣见了那样的轻功，惊讶极了："这位姑娘是哪位高人的高徒？在江湖上可有名号？"

"她……"一时之间，莫行南居然不知道怎样介绍她，如果她在旁边，也许她又要抢着说："我是阿南！"

然而她不在，她赌气走了，他一直弄不明白她为何总有那么多突如其来的怒意，只得叹息似的道："她是我的一个朋友。"

"哦……"李轻衣点点头，虽然点了头，眼中却仍有一丝怀疑与不安。

莫行南从怀里掏出那墨绿色的花草，递过去："给你。"

"这是什么？"

"绿离披。"

这三个字一出，李轻衣浑身一震！

震惊之后，接过它细细打量，慢慢地，颊上就浮上了一团红晕，她忽然看也不敢再看莫行南，只盯着自己的脚尖，轻声道："我……我去请爹来！"

说着，便飞也似的去了。

李中泽四十岁上下，按说这样的富贵之家，他又是修过武当太

第五章　苏州李家

上玄清心法的俗家弟子，应该更加保养得宜，然而此时看起来，却像有五十多岁，脸上遍是皱纹。

他的眉宇间似乎一直都有愁绪，莫行南上次来，他也是这般愁眉不展。

然而今天，他心情显然极好，居然亲自把盏，为莫行南斟酒："莫公子对我家的大恩大德，真不知让我如何报答。"

他肯对着别人一笑，已经是极大的热情，第一次听到他这样热忱的言辞，莫行南简直受宠若惊："不敢，不敢。"

李中泽倒是十分直接："小女轻衣曾经发愿要嫁给取得绿离披之人，而莫公子与小女年纪相当，又是少年侠士，堪称良配。倘若莫公子不嫌弃，这便请令尊移步商议婚事。"

莫行南道："我爹早已过世了。"

"哦。那么我便去见令堂好了。"

看来他实在高兴，居然愿以女方尊长之贵，跑去男方家。

"我娘几年前也死了。"

"啊……"李中泽不无感伤，"原来……"

"所以这件婚事，如果李姑娘不嫌弃，前辈就和我谈好了。"

李中泽想了想："也好。我和内子只有轻衣一女。莫公子既然独身一人，不如住进来好了——莫公子不要误会，这不是入赘，只是……只是我怕内子身子弱，舍不得与爱女别离。"

莫行南点点头："我知道。一切都随前辈的意思。"

有这样好说话的女婿，李中泽颇感欣慰，酒过三巡，侍女忽然来报："夫人想请莫公子进内堂叙话。"

"哦哦。"李中泽连忙站了起来，"内子相邀，莫公子请随我来。"

什么叫国色天香？李夫人就是。

美女莫行南见得不少，但是病了都可以这样美丽的，李夫人却是第一个。

只见她软软地靠在榻上，脸色颇为苍白，唇色也极淡，一双眼眸却又黑又深，宛如浸在水光里的一颗黑宝石，云鬟如雾，美人如花，难怪李中泽恨不得拿出性命来呵护她。

她单手支颐，道："我身子不好，失礼了。"

任是谁也不会怪她失礼。

她那黑宝石般的眼睛在莫行南身上流连了一会儿，轻声道："公子气宇轩昂，我家衣儿得夫如此，我也放心了。"

说着她略略地向李中泽点了点头。李中泽连忙道："莫公子，内子要歇息了。"

于是莫行南便又跟着李中泽出来，李中泽小心翼翼地把门带上，又小声嘱咐丫鬟小心伺候，夜晚留意关窗，不能让夫人着了风。直到走出一箭之地，莫行南才听到他长长地吐了一口气。

他在自己夫人面前，居然是屏着呼吸的，生怕出气大了，都会伤着她。

爱惜妻子到了这个地步，简直如痴如狂。

便是书呆子楚疏言宠老婆，都没宠到这地步。

再回厅上坐了坐，李中泽说了些婚娶事宜，有这样的岳丈大人，莫行南只须等着做新郎官便是。

"下个月初八是大好的日子，我们就定在这一天。"说着，他微笑起来，"而到那个时候，内子也差不多可以服下绿离披，能够出席你们的婚宴了。"

"夫人还要到那个时候才服药吗？"

第五章 苏州李家

"唉，我也不想等。只是绿离披刀剑亦难损其形状，非得用其他药物炼化。十二年前，药王大人花了十天才将它融成药汁。眼下药王已逝，他的大弟子央落雪医术虽高，性子却十分古怪，要请他帮忙，还得费些周折。"

莫行南点点头，听着听着，不知不觉又灌下去一大壶酒。

离开酒桌已经到了亥时末，月华冷冷，秋风凄凄，花园的树木沙沙作响，酒意在胸中微微翻腾。

这样一个人独对天地的时候，胸中居然有细微的疼痛，眸中有酸楚的泪意。

男子汉大丈夫，流血不流泪。

大约是酒喝得太多了。

他用力揉了揉脸，耳畔忽然听到一个人的脚步声，他倏地转身："谁？"

花影中，白衣人慢慢地走了出来。

那时，有片刻的失落，他以为是阿南。

不过，如果是阿南，他一定发现不了。

"是我。"李轻衣道，不知是因为涌动的花香、清冷的月色，还是因为其他，她的声音似乎比平常多了一丝轻颤，顿了顿，终于鼓足勇气，道，"我……我来找你。"

"哦。有事吗？"

"我听到爹和你说的话了。"说完这一句她又低下头去，良久才抬得起来，"我知道这样见面于礼不合，但是……你是有名的少侠，我也跟着爹爹和长青子伯伯学过些武艺，算起来，都是江湖儿女，有些话，我也不想遮遮掩掩。"

"嗯。"莫行南点点头，"有什么话，请说。"

"要是……要是你不愿意住在这里，我……我可以跟你去扬风寨。我知道扬风寨从不打家劫舍，做的都是正经事情。我……我既然做你的妻子，就会听你的话，你要去哪里，我就去哪里。"她抬起头，一双美丽的眼睛望向他，"莫公子，你肯为我去找绿离披，我……我真的很感激。"

那一天，一个神气无比的少年来找她，说要替她去找绿离披。她并不相信，因为他看上去那样大大咧咧，穿得又随随便便。后来她知道他就是莫行南，她不再怀疑他的能力，却忍不住怀疑他的心意。

他年少得志，如日中天，爹爹说他将来极有可能入主问武院，再不济，自己另立门户亦不成问题。而取绿离披是多么艰险的事情，一旦有了万一，他陷入南疆回不来，那便前途尽毁。

而且……而且，他和她，不过短短一晤。

今天，他居然真的来了。

真的，为她带来了绿离披。

她望向他的眼神，不自觉就多了份仰慕与敬重。

情丝如琴弦，就这样，被他拨动。她仿佛听得到，"铮"的一声，从心底，悠悠地升了上来。

莫行南听着，就在身旁的石凳上坐了下来，道："姑娘，你真是个爽快人。很好。我也有些话要说。"

轻衣静静望向他。

他看着她，示意她也坐下，然后道："你知道我的心愿是什么吗？"

"是什么？"

"我希望可以练最高明的武功，喝最好的酒，做最有名的侠士，娶最贤惠的女人。"他一口气把自己所有的心愿说了出来，"只要我活着，武功我就会一直练下去，酒也会一直喝下去，那些侠士该做的事情，我也一定会做下去……而你，就是我心目中最贤惠的妻子。"

李轻衣颇为娇羞地低下头。

"但是，做我的妻子，也许……也许……嗯……"他找不到什么词形容，想了半天，道，"就是我可能做不到你爹对你娘那样……我可能总要跑出去，你不惯往外跑，正好留在家里。所以我同意住在这里。"

"嗯。知道了。"

"我要说的也就是这个了。我怕你看惯了你爹呵护你娘，万一也要我那样……"他头大地皱皱眉，"我恐怕真的做不来。"

"怎样待我，都要看你自己，我不会要求你做什么。"说完，她低下头去，"我的话也说完了。夜也深了，我……我回去了，你也早点儿歇息。"

莫行南点点头，目送她离去。

她果然和自己想象的一样，会是最贤惠最体贴的好妻子。

然而，他为什么还是觉得这么不痛快，心里总是堵得慌？

他起身，长长一叹，回到李家给他安排的厢房。

屋子里没有点灯，月光映得窗上发白，影影绰绰的光线下，他靠着门，心中莫名地刺痛和悲凉。

"你回来了？"

一个声音这样说。

"阿南？"他当然不会忘记这个声音，双眉一掀，惊喜难掩，

"你回来了！"他转身便去点灯。

阿南在黑暗里叫道："不要点灯。"

"怎么？"

"不要看我的样子。"

"你怎么了？"

"你刚刚看过李轻衣，再回过头来看我，一定会觉得我很难看。"

莫行南一怔："你跟着我？"

"是啊！"阿南幽幽地叹息，"我跑出去，却不知道要去哪里，只好又回来了。正好赶上你跟你的岳丈大人谈如何娶嫁，然后又看到你和未来的妻子相敬如宾，讨论将来的生活。"她在黑暗里幽幽一笑，"多么美满啊！"

莫行南已经看清她坐在床沿上，小小的身子陷在大片的阴影里，越发显得消瘦，忍不住柔声道："你饿不饿？吃过东西没有？"

她没有回答他，自顾自道："我好羡慕她。她有爹、有娘，爹那么有钱，娘那么美丽，住在这么漂亮的房子里，还可以嫁给你。"

"阿南，不要这样想。你也有自己的父母，他们也会疼你爱你，也会为你找个好人家。"说着，他忽然想起百里无忧，"百里说你做了他的姬妾，是不是真的？"

"是啊，我爹娘也会对我很好的，很好很好的……"她的声音低下去，整个身子软软地靠着床框，"百里无忧啊，我在躲那两个和尚的时候，遇上了他，他让我上了他的马车，还说以后有什么事都可以找他。他对我，挺好的。你对我，也挺好的。我也是有人疼

第五章 苏州李家

的，对不对？"

她的声音渐渐地微弱下去。

莫行南吃了一惊，去探她的脉门，又摸了摸她的额头——她居然发烧了。

当夜李宅便请了大夫来，开了两帖药，道："这位姑娘身体虚弱，饮食一直不节，气血亏虚，可得好生调养。"

莫行南想到她为了保持身子的轻盈，每天只吃一点点饭，忍不住叹了口气。

下人熬好药送来，阿南已经醒过来了，躺在床上，眼睛眨也不眨。

莫行南道："阿南，来，吃药。"

阿南一动不动，莫行南一手托着碗，一手扶起她，将碗凑在她唇边，药汁的热气腾上来，她眼中忽然掉下大颗的泪珠。

"别哭，别哭。"他有些笨拙地拍拍她的肩，"喝完药，我就带你去找爹娘。"

"莫行南……"她含泪望向他，"我想吃圆子。"

"就是你说的那种甜甜的、软软的、糯糯的圆子？"

"嗯。"她用力地点头。

人一病起来，感情就会特别脆弱。

莫行南拜托厨房做这样一碗圆子，半路遇上李中泽，看样子似乎正要去找他，见了他，说了几句闲话，便问："莫公子，那位姑娘……"

明明是求亲，却带着一个姑娘上门，难怪李中泽略有不悦。

"是我的一个朋友。"莫行南道。

李中泽看着他,片刻道:"恕我直言,那位姑娘,可是最近杀了两名少林僧人的那位?"

莫行南一震。

他的反应已经说明了答案。

李中泽叹了口气:"此事早已传遍江湖,公子高义,此等妖女还要替她寻找父母。只是让她住在这里,终究不妥。"

见他神色一变,李中泽补充道:"公子不要误会。喜帖已经发出,江湖各路朋友陆陆续续就要来了。我是担心少林僧俗门人众多,也难保没有几个性情鲁莽的。大喜之时,见了血光就不好了。"

原来是逐客令。

莫行南面色冷下来,别人对待她的轻慢竟如对待自己一般,他深深吸了一口气,才没在岳丈面前翻脸:"我这就带她走。只是,请让她吃完一碗圆子再说。"

"也好,听说她身体不适,我同你一起去看看。"虽然在妻子面前李中泽低眉顺眼,换了旁人,他照样是精明强干的商人,女儿的丈夫身边,哪里能容别的女人酣睡?就算这个女人不是人人唾骂的妖女,他也容不得她。

两人踏进房门的时候,厨房里的圆子已经送来了。阿南闻到香气,翻身坐了起来。才送进嘴里,她整个人忽然像是被谁点住了穴道,调羹还停在半空,眼睛猛地睁大,一眨也不眨。

片刻,她才如从迷梦中惊醒,几乎是抢食一样,又吃了一个。

一碗圆子十来个,就这么被她囫囵吞下,她一迭声问旁边的下人:"还有没有?还有没有?"神情焦虑急迫,就像一个濒临饿死的人,一点点食物,根本无法填满肠胃之中那无垠的空虚。

第五章 苏州李家

莫行南知道,她要填的,是生命中的空虚。

他忍不住轻声问:"是这个味道,对不对?"

"嗯!"她大力地点头,伴着大颗的泪珠,打湿衣襟,她紧紧抓住他的手,一迭声道,"就是这个!就是这个!行南,莫行南,我的家原来在苏州,我是苏州人!原来我是苏州人!"她又是哭,又是笑,快活得要从床上蹦下来。

"很好。"莫行南由衷地感到高兴,"我们只用在苏州打听就好了!十二年前丢失孩子的人家,一定很容易找的!阿南,你就可以回家了!"

"什么?"

原是打算来逐客的李中泽脱口而出,他的脸色蓦地变得苍白:"你说什么?什么十二年前丢失孩子的人家?谁是十二年前丢失的孩子?"

莫行南张了张嘴,正要答话,却听家人匆匆跑来,向李中泽道:"老爷,长青子先生来了!"

一听这个名字,李中泽整个人震了震,目光从两个人脸上移开,跟着那家人走了。不一会儿,那位家人却又回来了,恭恭敬敬地道:"老爷请姑娘在这里宽住两日,赏光喝盅喜酒。"

莫行南奇怪极了,"咦"了一声,阿南问:"怎么?"

莫行南便把李中泽前面的话说给她听,她听着,脸上神色变幻,忽然道:"我去看看!"话刚说完,清风微拂,她的人影已经不见了。

第六章 十二年前

绿离披

李中泽把长青子接进客厅，略略聊了几句，便引进了书房。

光天化日，要在长青子这样的高手身边偷听，谈何容易？阿南四下里一看，推开隔壁一间房门。

只听一阵"轧轧"声响，似乎是从什么秘密机关里取东西，紧接着，李中泽问道："师兄，你看这株绿离披，是真的吗？"

半晌，有人轻轻"嗯"了一声。那便是长青子。

李中泽长长地舒了口气："莫行南的本事，竟不在当年师兄之下。"

"嗯，此人好武如痴，进境极快。"

这句话若是给莫行南听到，一定要兴奋半天。

说曹操，曹操到。莫行南也跟了来，也进了这间房，两个人目光相交，无须言语，莫行南也把耳朵贴在壁上。

只听李中泽道："轻衣能嫁给这样的少年英雄，真是恭喜师兄，贺喜师兄。"

他自己女儿出嫁，为什么反要恭喜旁人？

而长青子居然再自然不过地应了一声："这件事你做得对。放眼江湖上的少年人，原本楚疏言脾性温和，最适合嫁女为夫，然而已经有了妻房。百里无忧太过花心；扬风寨的靳初楼武功倒是奇高，可惜为人冷酷；央落雪性情古怪；唐从容更加有过之而无不及。看来看去，还是莫行南这小子胸有侠义，名望也不错。"

这话听得莫行南得意扬扬，大点其头。

李中泽道："最难得的，是轻衣对莫行南颇垂青目，这才好琴瑟和鸣，相伴一生。"

长青子没有说话，想来是在点头，下一刻，他却笑道："莫少侠，咱们已是一家人，正要好好聊聊，怎么却一个人待在旁边呢？"

莫行南一惊，长青子居然知道是他。

所幸长青子只点了他一个人，他也索性施施然地走出来，咳嗽一声："晚辈当初惹了前辈生气，虽然空有亲睦之心，却生怕惹前辈厌烦啊！"

长青子哈哈大笑："你可知轻衣就如我的女儿一般，从今天起，我看你也就如同我的女婿，要是还记得那档子事儿，可不成老糊涂了嘛！"

他长身鹤立，气度风华无一不令人倾倒。对这样一位前辈英雄，莫行南看得心胸大快，悔不该偷偷摸摸躲在一边，早该出来拜见才是。

两个人聊得很是投机，正牌岳丈李中泽反被抛在一边。他到底是商人，和莫行南大开大合的风格相去甚远，倒是长青子洒脱高义，令莫行南无比崇拜。长青子也不似当年在武当山上那样高不可攀，反而细细问他一些生活琐事，无比关心，莫行南又是兴奋，又是感动。到了吃饭的时候，还跟长青子在酒桌上大战三百回合。

没想到长青子的酒量居然也极好。简直就是偶像，莫行南激动

第六章 十二年前

得一塌糊涂，这个时候就算长青子拉他去做道士，他也一样兴高采烈。

醉到七八分的时候，长青子问："行南，你是怎么把绿离披弄到手的？"

"啊，这个啊……"莫行南打了个酒嗝，蓦地清醒了一半。

阿南的事情，可不能说出去！哪怕是像长青子这样的神仙一般的人，也不可以！

然而撒谎实在不是他的长项，支吾半天，他干脆装醉。

还是两个家丁把他抬回房间的。

然而这醉装得过了头，或者他也实在喝得差不多了，被放在床上居然真的睡着了，睁开眼睛天已经黑了。

黑暗中却还坐着一个人。

阿南。

"什么时辰了？"莫行南摸摸头，"我睡了多久？"

阿南没有回答，只是静静地坐着，静静地看着他。那眼睛，就如同在鱼篮山上初见，仿佛是暗夜中的湖泊，看不到边际，也看不出深浅。看上去空无一物，却又包含所有。

这样的眼神，看得莫行南心头一跳。

"阿南，你怎么了？"

她仍然不开口，过了良久，她道："现在是丑时三刻，你喝醉之后，我偷偷跟着长青子，去了李夫人的房间。"

"李夫人的房间？"莫行南有些意外，随后点了点头，"他是李中泽的好朋友，去探望病人也是应该的。"

长青子是他心目中的偶像，做什么都是应该的。

阿南的脸上,露出一个极嘲讽的笑:"那他握着李夫人的手,亲着李夫人的脸,还同李夫人睡在一张床上,也是应该的吗?"

"什么?"莫行南几乎跳了起来,"这不可能!"

仙风道骨的长青子,怎么会做出这种事情?

"我亲眼所见,还会有假吗?"阿南冷冷一笑,"还有一件事,你一定更加不愿相信了。"

"什么事?"

"是李中泽亲自提着灯笼,送长青子进他夫人房间的。还十分体贴地关上了房门。"她满眼都是凛洌的笑意,"看看,一个是武当掌门,一个是地方富商,中间居然还有这样见不得人的关系。难怪李轻衣嫁人,李中泽要向长青子道贺,只因李轻衣根本就不姓李。"

莫行南听得怔怔的,喃喃道:"怎么可能?"

"怎么不可能?长青子是道士,自然不能娶妻生子。可是偏偏李夫人又是个绝世佳人,谁能不喜欢?喜欢了,又不能明目张胆地娶回家。只好想出这暗度陈仓的法子。人人都说长青子送绿离披如何如何高义,原来他救的根本就是自己的妻子。又或者长青子后来看中了李中泽的妻子,李中泽迫于他的身份,不得不把妻子拱手让人。"

莫行南只觉得难以置信,烦躁地抓抓头,道:"这一切,不过是你的猜想罢了!"

"是不是猜想都无所谓,反正又不是我爹娘。"她不无嘲讽地一笑,"可笑昨天我还羡慕李轻衣什么都有,现在看来,她实在可怜得很,只怕连自己的生身父亲到底是谁都不知道吧?"

她站了起来,静静地点上了灯,灯光照亮她的面庞,眼如湖水一般平静:"我要去找我的爹娘了。他们应该是对老实人,做些活计刚刚糊口,一日三餐就是生活的全部。然而那又怎么样呢?至少我的父亲不会把另一个男人引进母亲的房里。行南,我同情李轻衣。"

莫行南只觉得头脑里一片混乱,混乱之中,也只是想起:"你要怎么找?"

"一家一家问呗!"

她微笑着答。真正的微笑,脸上难得地宁静柔和:"我一直认为自己是这世上最可怜的人,哪知道连李轻衣这样完美的女人身后都藏着这样的不幸,其他人,就更不必说。也许这世上谁都有自己的不幸,并不是独独我可怜。你已经把我从鱼篮山上带了下来,结束了我的噩梦。现在,你要娶亲了,我也要去寻找新生活——那会是一个全新的开始,我会好好孝敬我的父母,然后嫁个平平凡凡的男子,生两个孩子,操心他们吃的穿的用的,不知不觉就变老了。"

说到这里她长长地吐出一口气,目光落到莫行南身上,眼中有了泪意:"行南,莫行南,记得我在鱼篮山上说过的那句话吗?我会记得你一辈子。那时我以为你会因我而死,所以这样说……然而你没有死,我也照样记得你……永远,永远都不会忘记。"

她从来没有说过这么多话,今夜的她是如此不同,仿若顿悟,又像是做出了什么决然的决定,莫行南不由自主地皱眉:"阿南……"

她伸出手,轻轻地点在他的唇上,阻止他继续说下去,脸上浮现一个奇异的微笑:

"再见,行南。"

灯火似乎暗了一暗,再明亮起来的时候,屋子里已经没有了阿南。

不仅这间屋子,还有这座庭院,也许还有莫行南的一生,都不会再有这个人了。

他默然地保持着方才的姿势,站在屋子里。

屋子和白天没有任何不同啊,然而,她一走,这间屋子却说不出地空旷,连灯光都不能将它充实。

空旷得似乎连呼吸都会有回声。

这空旷似乎一直渗进他的身体里去,连同他的心,也一起空空落落,风吹过,胸膛里竟然发出"呼呼"的声响。

心里面,有什么东西,好像也跟着她,一起走了。

一起离开了他。

天亮的时候,莫行南被一阵敲门声惊醒。这才惊觉自己居然就这么一直站着。

门外是李中泽,脸上有难以掩饰的焦急:"行南,你那位朋友呢?"

"朋友?"莫行南怔了怔,片刻,不无嘲讽地道,"你是说那位妖女?"

"唉,我失言了!"李中泽脸上的焦虑可真不是装出来的。

莫行南冷冷一笑,道:"放心,她已经走了。"说这句话的时候,心中蓦地一痛,莫名地,犹如被剑气所伤。

他不可置信地抚了抚胸膛——谁伤了他?这世上,只有百里无忧的姐姐百里无双能以剑气伤人,她怎么到苏州了?什么时候来找

第六章 十二年前

他的晦气了？

"唉！走了！"李中泽跌足长叹，似乎十分失望，失望之余，看见莫行南这副模样，问道："行南，你的脸色怎么这么难看？胸口怎么了？受伤了？"

细细感触之下，那意外的疼痛似乎自动消失了，他摇摇头："我没事。"

这疼痛，恰似阿南的轻功，来无影，去无踪。

苏州城里，很快有了一个女子寻亲的新闻。

原本这只是很简单的寻亲女子，可惜在某次有人目睹她风一样消失在眼前的时候，发展成为"妖怪诱吃生人"的版本。

而诱骗的咒语就是："请问，你家里十二年前有女孩子走失吗？"

如果你说"没有"，那么恭喜你，你安全了。

如果你说"有"，那完蛋了，你全家都要被妖怪吃掉了。

不过幸运的是，至今没有哪户人家说"有"，所以还好大家都算平安。

好几次，莫行南整日在街上游荡，希望看见那个四处寻亲的消瘦的女孩子，然而她却像消失了似的，从来没有露过面。

每当望向熙熙攘攘的街道，望向来来往往的人群，望向其中某一个看起来身形纤瘦的女子时，他的心，就不可抑制地疼痛起来。

终于，他知道了，这痛，是因为阿南。

那个借用了他名字的女子。

十月初七。

李家办喜事。

中间夹着长青子、李中泽、莫行南三个人的面子，宾客如云。李宅的客房住得满满当当，还在街上包了两家客栈，才算住下。

扬风寨的大寨主靳初楼有事未能亲至，托三寨主楚疏言带了贺礼来。

同来的，还有百里无忧。他照旧带着一大群美貌姬妾，旁人艳羡非常，不过这些女子脸上都戴着轻纱，不让人看见庐山真面目，大家不免有些遗憾。

这两人，因为是新郎官的至交，又是少年一辈在江湖中风头极健的人物——十数年后，江湖，也许就是他们的江湖——因此颇受礼遇，房间被安排在李宅。

李宅之内，也早已张灯结彩，披红挂绿，就等十月初八吉时一到，立马鞭炮连响，喜事开办。

这天，三位年轻人坐在花厅石凳上喝茶，百里无忧懒洋洋地环顾四周，向楚疏言道："老实说，我一直以为你武功虽然不如行南，但脑子比他好使，今日看来，是我错了。"

楚疏言一向寡言，听他这样说，"哦"了一声。

百里无忧也不介意，接着道："你看看这亭台楼阁，看看这万金之富，莫行南娶了李轻衣，也就把整个李家娶过来了。而你呢，为了你那位娘子，自己都给人从宗谱里踢了出来，楚记钱庄的三少爷啊，你真的很没有生意头脑呢！"

楚疏言温文一笑："你的未婚妻可是花家的千金，还要羡慕别人的万金之富吗？"

"倒不是羡慕啊，我只是看不过。"百里无忧用折扇一指莫行南，"你看这人，得此万贯之财、如花美眷，居然还整天板着一张脸，好像谁欠了他似的。实在很过分哪！"

被两人讨论着的准新郎官莫行南，坐在一边闷头喝酒——他们两个都喝茶，就他一个人面前摆的是酒壶——听到百里无忧这样说，也不说话，只是酒喝得更快了。

楚疏言和莫行南从小一起长大，又同一年进问武院，虽然他修的是无身刃中的阵法机关，却不妨碍两人的情谊，见老友这样，便知有事。问道："发生什么事了？"

总不会李家强押着他成亲吧？凭莫行南的倔脾气，谁能押着他去做不愿做的事情啊！

莫行南不说话，只是喝酒。半晌，道："我想找一个人。"

"那位杀害少林僧人的姑娘？"

莫行南一怔，看来这事真的天下皆知。

"你不是说帮她找到爹娘就将她给镜轮禅师？"楚疏言看着他，不由得有些担心，"现在她人不见了？"

莫行南叹了口气。

百里无忧抿嘴笑道："你大婚在即，还对阿南姑娘念念不忘，下次我要见着她，一定告诉她，她必定高兴得很。"

楚疏言不以为然："那名女子杀害无辜，行南素来厌恶这样的人，百里兄不要会错了意。只是她一走，行南便无法向镜轮禅师交代了，这可不是小事。"

莫行南长叹一声："我托了无数人，可是就算偶尔有一个人见着她，一有异动她便飞身离开——你也知道她的轻功，谁也追不上。"

她到底过得怎么样？他记得她身上并没有银子，一直以来吃穿用度都是跟着他，现在她一个人在外面，吃得怎样？住在哪里？

唉！她除了轻功，其他一概不会，真有人要暗算她，也不是难事。

不过说到镜轮，他神色一肃，向着在座的好友道："有件事，还是告诉你们的好。我已经决定放过她。"

楚疏言惊讶极了，这位老兄，向来以除魔卫道为己任。听到哪个人作恶，千里迢迢也要追过去。今天已经捉在手上的人，居然打算放走！

"她其实很可怜……唉，别人要是过她那样的日子，一定也好不到哪里去。"莫行南叹息一声，再尽一杯酒，"以后你们若是遇上她，千万别为难她。若是她有什么难处，还拜托你们施以援手。"

百里无忧笑意盈盈，啧啧道："这位阿南姑娘何其有幸，竟能让咱们莫兄破例呢！阿南姑娘要是能亲耳听到这番话，一定感动不已。"

入夜，下人送来了新郎吉服，大红的衣服在灯光下，一团喜气。

莫行南还没有穿过颜色这么鲜艳的衣服，抖开来，只觉红光耀眼，他忍不住拧起眉，自己穿上这样的衣服，一定傻得很。

便在这时，一个酒气熏天的人走进莫行南的屋子。

这人，竟是李中泽。

莫行南吓了一跳，从来都是中规中矩，还带着几分优柔的李中泽，居然也会有今天这般模样。

只见他跌跌撞撞地走来，径直握着莫行南的手，道："莫行南，莫行南，你帮帮我！"

莫行南连忙道:"什么事?"

"你的那个朋友,你还能找到吗?"

莫行南一怔:"你说阿南?"

李中泽点点头,居然流下泪来,他道:"请你帮我找到她……我一直派人去找,可惜她轻功太好,我的人一直找不到……莫少侠,莫大侠,请你帮帮忙……"

他说着,竟要作势跪下,莫行南连忙拉住他,心中惊疑不定:"你找她做什么?"

"我……我……"他的泪流得更甚,都说"男儿有泪不轻弹,只因未到伤心处",以他的流泪程度来看,真是伤心到了极处,哭得整个身子都在发抖,"我十二年前,走失过一个女儿!"

莫行南的身子一震,手一松,李中泽就软软地坐到了地上,流泪道:"我的女儿啊!我嫡亲的女儿啊……卯巳年三月初七生日,长得乖巧可爱,性子又很活泼……右肩上有颗小红痣,小时候很喜欢吃圆子……我想到那天那位姑娘吃圆子的模样,心都痛碎了!我原以为她早已不在人世了,谁知,谁知——莫大侠,你帮我去找她,帮我去找她吧!你要什么,我都给你!"

他一把鼻涕一把泪地哭诉,一个中年人的悲伤,伤痛得令人绝望。

这话,恍如一个霹雳炸在头顶,莫行南的脸色,如同一张白纸,身子忍不住轻轻颤抖,想到那晚阿南说的话,想到长青子李夫人之间的奇异关系,他有了一个极可怕的联想!一字一顿地问:"你女儿……你女儿……是怎么走失的?"

"她……她……她……"

这一个"她"字,在他的舌尖转了半天,却终究没有转出来,他颓然地捧住头,"不要问这个,不要问这个……你只要帮我找到她,我什么都给你!"

忽然之间,门外一个声音道:"他娶了李轻衣,你的一切都是他的,还想给什么?"

莫行南猛然如同被人抽了一鞭,扑上去把门打开。

门开处,是一个白衣蒙面的女子,比阿南略为高大些。

然而这声音,明明就是阿南!

他想也不想,一把掀开她的面纱。

面纱下面,是一张白得没一丝血色的脸,还有一双如同暗夜湖泊的眼睛。

那双眼睛,在黑夜中闪着绝望的光芒!

她一脚踏进屋子里,拉下右肩的衣襟,如雪的白肤之上,一颗殷红的小痣,在灯光下发出幽深的光泽!

李中泽直直地盯着那颗痣,蓦地大叫一声,抱住她:"裳儿!裳儿!我的裳儿!"

"原来我叫裳儿吗?"

她的声音居然无比平静,莫行南却听得出那平静之下的波涛汹涌,她轻轻地、轻轻地问:"我到底是怎么走失的?"

"裳儿,裳儿,不要问了,不要问了……"李中泽几乎泣不成声,"只要回来就好了,就好了,爹的一切都是你的,一切都是你的。"

"我的?"她偏过头去轻声询问,"那李轻衣怎么办?"

"她……她不是我女儿!"心情激荡之下,李中泽脱口而出,"我只有你一个女儿,只有你一个!裳儿,你想要什么?要圆子吗?啊不,你长大了,啊啊啊,你要莫行南,你要莫行南对不对?

第六章 十二年前

— 107 —

好好好,到了成婚当天,我将你换成李轻衣,你直接和他成亲,好不好?"

他的眼中已经有狂热之态,手一直紧紧抱着她不肯放,生怕一松她便会消失,他紧紧地抱着她,一面柔声问:"好不好?好不好?"

"不好。"她的声音居然也是又轻又柔,浑身上下散发出可怕的寒意,"我不要扮成别人,我要做我自己。我要知道我叫什么名字,我娘是谁,李轻衣的爹又是谁,还有……"她凑近他耳边,一字一顿地问道:"我到底是怎么走失的?"

那句话,犹如魔咒,一入耳,李中泽的脸上便显出一种极痛苦的神色,仿佛略一回忆,整个人已经痛不可当。

莫行南拉住她:"阿南,不要急,慢慢问……"

"走开!"她忽然尖声挥开他的手,"我叫裳儿!我不叫阿南!我有名字!我叫裳儿!"她忽地抓住李中泽的衣襟,"我的全名是什么?叫李什么?李什么?"

她问得一声比一声急促,癫狂之态,不下于李中泽。

"你叫裳儿,李轻裳,我唯一的女儿,李轻裳……"李中泽再一次抱住她,酒与现实一起刺激着他,他大笑起来,"我的女儿回来啦!我的女儿回来啦!谁也抢不走她!"

"李……轻……裳……"她缓缓地松开手,痴痴笑着,望向莫行南,"这个名字,好不好听?"

莫行南看出她受到了极大的刺激,她比他聪明百倍,他能猜到的事情,她一定早就猜出来了。

然而看她这样,他却什么也做不了,这样的无力和恐慌感,让他的心如被利爪撕裂一样疼,却不得不点头道:"好听。很好听。"

"连你也说好听,那就是真的好听了……啊,李轻裳,李轻裳,原来我叫李轻裳,原来我有这么好听的名字……"她轻轻地抚着李中泽的脸,"你真的是我爹吗?那我娘呢?是那个漂亮的病美人吗?"

李中泽流泪道:"是。"

"那李轻衣的娘呢,也是她吗?"

"……是。"

"李轻衣的爹呢?"

"……"李中泽的眼中,再一次流露出那样绝望的痛苦。

她缓缓推开他,独自幽幽地站了起来,幽幽地道:"李轻衣的爹,是长青子吧?"

李中泽浑身一震!

她缓缓地脱下外衣,又脱下鞋子,那鞋子垫着高底,外衣也异常臃肿,令她看起来高大了不少,难怪她一直混在百里无忧的姬妾里面,莫行南却一直没有发现。

她脱完了鞋子和外衣,从袖子里掏出一面小小的菱花镜,对着自己的脸细细地照。动作与其他揽镜自照的女儿家没有半点儿不同,只是她周身似乎结着厚厚的寒冰,这寒冰从她心里长出来,重重地将她围住。

她不笑,也不怒,更不悲,她只是淡淡地、轻轻地道:"你不敢说,我来替你说吧。生我的那个女人,原本是长青子的情人,可惜长青子想着做武当掌门,又不愿抛弃这么一个大美人,就把她安置在你这里,你们做空头夫妻,他们却做地下夫妻。对不对?然而这样一个美人,哪个男人能不动心?加上长青子忙于武当事务,也

绿离披

没有多少时间陪她，你们日久生情，于是就有了我。可是，这件事却不知怎的让长青子知道了，他就把我带走了，至于带去了哪里，去做什么，你其实应该很清楚吧？"

李中泽浑身颤抖，终于痛哭出声："爹对不起你！对不起你！那时你娘病得很重，长青子说非要绿离披救命不可，而得到绿离披的秘法只有一个，那就是给光阴教送去一个根骨极佳的'圣女娘娘'……我没有办法，他说要带你走，我不敢让他知道你其实是我的女儿，也不敢太过阻拦……终于有一天，我找遍整个家里，都没有再找到你，下人告诉我，你被长青子抱出去玩了，我就知道，就知道……"

"是啊，你要是死命拦住，他一定会起疑心。名义上，我还是他的女儿，为什么他都舍得用我的命去换妻子的命，你却舍不得？可是，我要真是他的女儿，他怎么还会把我送到那个地方去？"

"我……我事后知道，却……却已晚了……"

"你就算知道了，也不敢找他算账，不仅不敢找他，还生怕他来找你，对不对？所以你干脆就当我已经死了，干脆继续做他们夫妻的幌子……或者，你也觉得牺牲一个女儿，救回你心爱的女人，也是值得的吧……可是，你知不知道这十二年，我过的是什么日子？"她说着，脸上就有了狂戾之色，"我害怕每一天的到来，害怕每一个晚上，又害怕每一个天亮！因为多过去一天，我就离死又近了一步！我伴着食人的怪物住在高山之上，随时准备成为它的食物！我——这十二年生不如死！好不容易逃出生天，还要被人骂作妖女，而你们——在这里张灯结彩，大办喜事！"

她的目光落在桌上的大红吉服上，猛地大笑起来："好！好！好！好漂亮的衣裳！好喜庆的日子！莫行南——啊，不，我该叫你一声姐夫，哈哈，姐夫，姐夫！你居然是我姐夫！"

她的神情倏地转为凄厉，叫道："你们，你们这样对我，一定要会遭报应的！我会把所受过的痛苦，千倍百倍地还回来！你们等着！"

她衣袖一卷，化作一道清风，飞身而去。

凄厉的诅咒尚在耳边，身影却已消失不见。

莫行南追出去，只见夜风阵阵，树影扶遥，半个影子也没瞧见。他飞身折向百里无忧的厢房，一脚踢开大门，叫道："百里无忧！"

百里无忧正在姬妾怀里吃蜜饯，见莫行南双眼充血、声音嘶哑地冲了进来，一愣："怎么了？"

莫行南的一颗心，几乎要被活生生煮熟了，冲上去一把抓住百里无忧的衣襟，怒声道："阿南藏在你身边，你为什么不告诉我？"

百里无忧好整以暇："既然是藏，怎能告诉你？"

莫行南一声怒吼，一拳下去，百里无忧居然无法避开，美丽的嘴角，溢出鲜血。

"莫行南！"他又惊又怒，"你不要以为我打不过你！"

"那就来吧！"

莫行南两眼俱是血丝，就像一只欲噬人的豹子，百里无忧却忽然笑了，这一笑，便如漫山花开，"我想你来找我，不是为了打架的吧？想找阿南是吗？"

"阿南"这两个字，登时把莫行南从狂戾中唤出来，他用力拍了拍头，"我是发什么疯——我问你，你怎么找到她的？她来过这

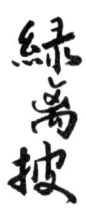

里吗?"

"不是我找她,是她找我。她听到这里办喜事,说想来看看,又不想别人认出来,我便在她的身形上略略修饰了一番,头盖面纱带她来了。"说完,百里无忧问,"怎么?你们吵架了?"

"不是——也算是——唉,要只是吵架就好了。"他烦躁地自语,忽然扔下一句,"我去找她!"

最后一个字还未落地,他已经飞身而出。

百里无忧看着他消失的方向,忽然露出一丝浅笑。

第七章 婚礼

绿离披

十月初八。

李宅大喜的日子。

宾客如云，红灯高照，李家宅院上上下下喜气一片，新娘子已经打扮得妥妥当当，就等喜娘扶去拜堂。

可新郎官却不见了。

昨夜送吉服的时候明明还在屋里，到了这个时候，却不见了人影。

长青子找到楚疏言，问道："公子可知行南去了哪里？"

楚疏言摇头："这个时候，他能到哪里去？"

长青子忽地皱眉，脸上已有怒气："大约我长青子这张老脸已经搁不住了！轻衣就如同我的亲女，他居然敢这样轻慢！"

这位武林名宿发起脾气来，十分可怕。楚疏言也十分忧心："前辈不要误会。行南不辞万难去取绿离披，对李姑娘的一片心意，前辈应当知道。他一直说李姑娘会是世上最贤惠的妻子，断无放弃之理。"说着他也忍不住皱起眉，"我出去找找看，也许有什么事情。"

长青子想了想，然后点点头——轻衣才貌双全，温柔端庄，哪里有男人会不要这样的老婆？

除非他傻了！

楚疏言连忙出门，走得太急，在大门口差点儿撞上一个人。

这人头发凌乱，神情迷惘，居然是莫行南。

"老天开眼，你总算回来了！"楚疏言大大地松了一口气，连忙把他推进屋子，将那身吉服塞给他，"今天可是你成亲的日子啊，你跑到哪里去了？"

莫行南一拍脑门，恍如梦中初醒："天哪，我都忘了！"

楚疏言几乎要晕倒："这也可以忘记？"

"一时记不得了。"说着，他手忙脚乱地把那身大红衣裳穿上。头发凌乱，胡子拉碴，哪有半分新郎官的样子？

楚疏言叫了几个丫鬟过来帮他梳洗，见他神色憔悴，问道："你出去有什么事吗？"

这句话，像是提醒了莫行南什么东西，他一挥手："不要梳了。你们都出去。"等丫鬟们都走了，他正色问："要是李轻衣的父亲是个浑蛋，我还要不要娶李轻衣？"

楚疏言惊讶极了："这话怎么说？"

莫行南沉默片刻，把李轻裳的故事告诉了他。

从鱼篮山一直说到昨天晚上，长长的叙述让他口干舌燥，但细致的回忆却令自己的思路渐渐清晰，楚疏言还没有开口，他自己忽然猛地一拍大腿，站了起来："这亲不能成！"

他的目中有着冷厉的光芒："我得去找长青子！"

他急如火燎，一掠出房门，便向长青子居住的房间奔去。半路才觉察出一丝怪异——整个院子，居然出奇地安静！

怎么可能这么安静？他进门的时候，高朋满座，鞭炮声、大笑

第七章 婚礼

声、说话声，把李宅衬得不比菜场逊色。

然而此时此刻，那些声音，好像一时之间突然消失了。

他一皱眉，忽然想起楚疏言还没有追上来——虽说楚疏言武功不太好，也不至于慢到如此！

他心里一跳，急忙回房。

楚疏言无力地躺在地上。

"书呆子！你怎么了？"

"啊，不知道……"楚疏言苦笑一下，"大概是中了迷药。"

"中毒？"莫行南眼里几乎要喷出火来，"谁在使这无耻的手段？"

"不知道……你还好吗？外面忽然好安静，不知出了什么事……"

莫行南咬了咬牙："等我把那无耻之徒揪出来，再碎尸万段！"

他将楚疏言扶到床上，只身去了。

整个后堂似乎都已经空了，经过小径，经过花厅，都没有看到一个人，然后一踏进正厅，他整个身形忽然滞住。

人全在这里。

密密麻麻，全是人。或坐，或躺，或站，或无力地倚在壁上，江湖上大大小小的高手、府中老老少少的下人，都在这里。

中间甚至有镜轮禅师，只见他无力地靠着墙壁，虽然想运功，却明显力不从心。

连长青子也只能靠一把剑支着地，怒道："你这个妖女，到底想干什么？"

站在他面前的，竟是阿南！

哦,不,是李轻裳。

她的头发未梳,被风吹得凌乱,脸色苍白,斜斜上扬的眉眼中,充满可怕的煞气。

她站在失去抵抗力的人群中,望向长青子的目光,充满了仇恨与厌恶,忽然瞥见了莫行南的身影,刹那之间,她笑了,笑得嫣然,目光却仍然冰凉,她道:"瞧,谁来了?原来是新郎官。嗯,这套衣服不错嘛,你今天真是喜气得很。"

她说着,忽然向身后冷冷道:"新郎官既然来了,新娘子怎么还不来呢?"

一个黑衣人飞身便入内堂。

莫行南整个人都惊呆了,指向她,问:"你……你怎么和他们在一起?"

她身后站着十数名黑衣人,竟是尽堂的杀手!

为首一个怪笑连连:"这位姑娘已是敝堂的第一号杀手,不同我们在一起,同谁在一起?"

这声音沙哑难听,好像粗糙沙石在磨玉,听得人牙齿似乎都要打战。居然是那位尽堂首领!

尽堂的第一号杀手?

不错,以她那样的身法,只要学得一招两式,想要刺杀谁,真是易如反掌。

但是,但是,怎么可能?她怎么可能找到尽堂?

莫行南只觉得手脚冰凉,一颗心却如被火烧,嘶哑地道:"是你下的毒?"

李轻裳微微一笑:"就算是吧!"

"不,不是你,你不会下毒。一定是他们下的……阿南,是他

第七章 婚礼

们逼你的,对吗?"莫行南只觉得自己整个身体都在颤抖,看她站在人群中央,站在黑衣人身旁,只觉得她整个人都要沉入那无尽的黑暗中,他向她伸出手,颤声道,"阿南,不要再跟他们在一起,他们会伤害你!"

他关切的神情,开脱的话语,让她的神色有片刻的缓和,然而这缓和只不过是一刹那,看着被黑衣人带出来的李轻衣,以及一同来的李中泽和李夫人,她骄傲地、冷漠地、仇恨地笑了:"不,是我让他们这么做的。"她忽地一巴掌就甩在长青子脸上,怒道:"你这个没有人性的恶魔!你这个该下地狱的浑蛋!"

长青子身为武当掌门,哪里受过这样的羞辱?偏偏浑身无力,全然不能还手,脸上立刻显出五道红印,他又急又恼又怒:"你找死!"

"啪"!他脸上又着了一下,李轻裳攥住他的衣襟,狠狠将他推倒在地,逼近他,尖声道:"你敢跟我提死字!你看看我是谁!看看我是谁?当初是谁把我送到死路上去的?"

长青子盯着面前这张脸,眼神从急怒到不屑,从不屑到疑惑,再从疑惑到震惊,他倏地睁大了眼:"你……你……你是……"

"你认出来了吗?我就那个被你送上鱼篮山的孩子,李轻裳!"

"李轻裳"三个字一出,长青子的脸上登时一片死灰,"你……你居然还活着?"

"裳儿——"李夫人睁大了奇美的眼,不可置信,"你是裳儿?"她拉着李中泽的手,脸上涌上异样的红晕,"她是裳儿?裳儿她不是在徐州染了疫病死了吗?"

"她是。"李中泽流下泪来,"她没有死,她活着回来了。当年长青子说她得疫病死了,是骗你的。实际上,他是用裳儿,去换了绿离披。"跟着,他说出了那个换取绿离披的法子。

"他用裳儿的命,换了我的命?"李夫人的手一松,整个人神魂似已离窍,视线触到纤瘦的李轻裳,蓦地伸出手,"裳儿,我的裳儿,让娘看看你,让娘看看你!"

李轻裳脸上带着奇异的笑:"娘?哈哈!是啊,我是有娘的,也是有爹的,还有一个姐姐!我明明有这么多亲人,却要孤苦伶仃地活在世上,受尽煎熬!"她上前一步,目光一一从自己的亲人脸上扫过,"你们以为,我今天是来认亲的吗?哈哈,可笑的人啊,我是来杀人的,你们这里,所有的人,一个也别想活着出去!"

说到这里,她的脸上一片煞气。

十二年的苦楚,十二年的怨恨,十二年的期盼,统统化作杀机!

尽堂首领将自己的剑交给她。

她接过,剑尖对准了长青子。

"你居然没死……居然没死……"长青子喃喃地说着这句话,居然没想反抗。不过,就算他想反抗,也没有力气了。

她慢慢地笑了起来,剑尖慢慢地移开:"啊,不能杀你,我已经给你安排了更好的死法,怎么能这样便宜你?"

剑尖移到一名武当弟子身上,她扬起眉,轻声道:"你我无冤无仇,本来你是不必死的。可是,谁让你有这么一个毫无人性活该千刀万剐的师父……"她一面说,剑尖一面下垂,那名武当弟子吓得面无人色,哀叫连连。

"叮"的一声,刀剑相交,李轻裳手里的剑被磕得倒飞出去。

受制的众人眼前一亮。

莫行南手握背月关刀,挡在那武当弟子面前。

他们还有莫行南!还有问武院身刃状元,莫行南!

打抱不平、行侠仗义的莫行南!

李轻裳的脸色更白了,眼眸幽深,望向他:"怎么?你要杀我吗?要替武林除害吗?"

"你要报仇,就找长青子好了!"莫行南的脸色,也不比她好看,骨头里如有针扎般的疼痛,让他每说一句话,整个面容都要扭曲一下,握刀的手隐隐颤抖,"这些人都是无辜的!"

"无辜!"她仰头大笑,"一个五岁的孩子被送去喂蛇,就不无辜吗?我就是要杀他们,就是要他们的父母亲人知道,他们本来是无辜的,都是被长青子连累的。这笔账,到了黄泉之下,你们记到长青子头上去吧!"

"裳儿!"李夫人凄然地唤住她,泪流满面,"不要杀他,要怪,你就怪我吧!这件事,都是我的错。我既然是他的妻子,就不该和别人有私。他是那样高傲的一个人,怎么能忍受这样的侮辱?"她眼睁睁地看着长青子,"但你也不该那样狠心,一切都是我的错。你们要怪,就怪我吧!"

她说着,忽然向黑衣人的长剑上撞去!

那黑衣人不料有此一变,想撤剑已经晚了,李夫人如一朵断枝的花,萎然顿地。

"丝丝!"

"夫人!"

"娘!"

长青子、李中泽、李轻衣,三个人都发出一声凄厉的呼唤。

然而被呼唤的那个人,永远也听不到了。

李中泽忽然冲上来，夺过长青子的剑，只一下便刺进了长青子的胸膛，长青子满面都是不可置信，这个一向敬他畏他的师弟，居然敢杀他。

"你该死！"李中泽敦厚的脸刹那间狰狞无比，"你害得裳儿这样，又害死了夫人，你该死！"

"你更该死！"长青子说完这一句，血沫从嘴里溢了出来，他兀自强撑着，"她是我的妻子啊，你竟敢……"

"你一年也陪不了她几天，又算什么丈夫？"李中泽望着李夫人的尸体，眼中流下泪来，"你只顾着做武当掌门，她一个人寂寞冷清，你又怎么知道！"他提着剑，缓缓走到李夫人身边，抱起她，"她生病的时候，是谁照顾她？她寂寞的时候，是谁陪她说话，陪她下棋？是谁陪她们母女吃饭聊天？是我，是我……"他的声音渐渐低下去，头贴着李夫人的额头，轻声道，"夫人，不要怕，你不会太孤单，我这就来陪你……"

他的手腕一翻，长剑横上脖颈。

莫行南大惊失色，扑上去握住剑身："前辈，你——"

"她不在了，我活着又有什么意思……"李中泽悲哀地道，望着李轻裳，道，"裳儿，别杀人了，该死的，都死在你面前了，你放过这些人吧……"

他说完，目光重新落在李夫人身上，仿佛世间再也没有什么能将他的视线拉开，他露出一个温柔的笑容，蓦地，身子软软地倒下去。

莫行南吃惊地睁大了眼，李中泽居然选择了咬舌自尽。

"你……你们竟敢在一起——"长青子挣扎着想站起来，然而这挣扎也不过是在加速他的死亡，他眼睁睁地看着心爱的女人与别人死在一起,激愤交加,血流得更多了,头一歪,不动了。

风寂寂地吹来,拂过鲜艳的大红灯笼,拂过众人的发梢和衣襟,拂过满院的花木,花木发出"沙沙"的声响,似乎在为主人的逝去而悲伤。

厅上的人,都被这一段隐情畸恋震撼,久久,没有人发出声音。

整个大厅,只有李轻衣的哭泣声。

今天,本是她一生中最幸福的日子,可是就在这样一个日子里,她却要目睹至亲之人的死亡。

还要面对这个不堪面对的身世之秘。

同是李夫人的女儿,李轻裳却一滴泪也没有流。

她只是直直地站着,头高高地仰起,脸上没有一丝血色,嘴唇也完全苍白。

风吹来,她纤瘦的身子好像随时都要被吹走。

莫行南清晰地感受到她内心如同凌迟般的痛苦,自己的心也跟着痛了起来,他走到她面前,低声道:"好了,都结束了。"

李轻裳没有看他,眼睛直直地盯着虚空中的某处,连睫毛都没有眨一下。

她这样,仿佛是一只失去了灵魂的木偶。

看着她,莫行南的心,如同在油锅里煎熬。身体某一个地方,隐隐与她的灵魂纠缠,她的痛苦,她的绝望,她向内心深处散发出来的冰冷……一切都那么清晰地映在他的心上,他一咬牙,一把将她拥进怀里:"难过你就哭出来吧,别这样!"

这句话说到最后,他自己的声音居然哽咽起来。

脸触到他胸膛的一刹那，李轻裳的泪，滚落下来。

她的一切都破灭了，一切都失去了——也许，根本就没有拥有过——唯有他，是这世间唯一的温暖，一靠近，她那颗已经快要结冰的心，才慢慢地淌下了泪。

李轻衣的哭泣却停止了。

她吃惊地看着相拥的两个人。

比她更吃惊的，是身上中了迷药的武林众人。

莫行南是江湖少年一辈中最有声望的侠士啊，是江湖未来的希望啊，是问武院最得意的弟子啊，现在，他在做什么？他丢开自己的未婚妻，当众安慰那杀僧人、施迷药、跟尽堂勾结的妖女！

镜轮禅师缓声道："莫施主，请自重。"

亦有人道："你的未婚妻，在那边。"

"看来你们精神不错，还有力气管别人的闲事。"声音沙哑的尽堂首领忽然一扬手，众黑衣人长剑出鞘，他转而向李轻裳道，"你的事情，算是做完了。剩下的，就是我的事了！"

黑衣人的剑，齐刷刷指向当场众人。

莫行南脸色大变，松开李轻裳，背月关刀一振，然而以他之力，也只能挡住其中两个，另外十数把剑，毫不迟疑地落向毫无反抗之力的人群。

蓦然之间，只听一阵奇异的啸声，那十几把剑，几乎同时落地，一落地，瞬间折成两截！

众人才见，发出那奇异啸声的，是一把金黄色的巨剑，那剑如此耀眼，似乎上面隐隐有火焰在燃烧。更令人惊奇的是，那剑，居然是自己飞来的！

击落那十数把剑后，巨剑悬在半空，发出耀眼的光芒。

第七章 婚礼

"啊！阅微阁！"

不知是谁惊喜地喊出了这个名字，顿时，大厅里一片喜气！唯有阅微阁的人，才有如此神奇的驭剑之术啊！

"唉……晚了晚了，又晚了……"

气急败坏的声音从远处传来，声音由远及近，不过刹那之间，一个蓝衣少年风一般地掠过来。

镜轮禅师施礼："我等恭迎使者大驾。"

"你们都这样了，还迎什么迎啊！"

阅微阁使者，居然是个口无遮拦的家伙，他手一伸，巨剑稳稳地落进背上的剑鞘里："啊呀，都死掉了？完了完了！"

他一面嘀嘀咕咕，一面走上去探长青子的鼻息，忽然喜道："哇，还活着！好好好，总算能带回去好好整治他！"

说着，他就把长青子扛上肩，右手捏了个牵引诀，那模样似是要立马走人，急得众人大叫："使者！帮我们解毒啊！"

"啊？"正忙着要走的使者回头一看，"没事，就是点儿迷药，待两个时辰就好了！"

"可是这里还有尽堂的人啊！"

"尽堂？"迷糊使者露出十分迷糊的表情，"尽堂是什么？"

呜——大家还是集体自杀吧，怎么赶上这么一个使者？还是镜轮禅师定力高强，解释道："尽堂，就是我们曾经多次呈报的杀手组织。"

"呃……这个我不太清楚啦！又没呈到我手里——反正知书人只说把长青子带走就好了！"

"那这个杀害我寺僧人的妖女呢？"

说话的是法见。

莫行南的脸色一阵发白。

终于，有人说了出来。

"这个啊……"使者略一回忆，向李轻裳道，"你不是在那个池子里下了'死亡之眼'吗？自己去好了。"

莫行南一松开她，她便止住了哭泣，这时望向这有些神经兮兮的使者，忽地一笑："你是什么东西？我为什么要听你的？"

使者一呆，大约从未受过这样的待遇，不过很快便恢复过来，居然还点了点头："嗯，我其实不是个东西，我是望舒山的上灵修。唉，今天倒霉，被派来打杂。你还是听我的吧，我脾气比较好，你要撞见一个脾气差的，可就不只这么简单了。要知道杀僧人是很大的罪过，佛祖也会生气的。"

救众人出水火，清除武林败类，在他看来，居然只是打杂？

"灵修是什么东西？阅微阁又是什么东西？我受苦受难的时候没人管，这个时候怎么跑出这么个人管我？"李轻裳似笑非笑，"有本事，你现在就杀了我。"

"李姑娘，不用和他多说。"尽堂首领沙哑一笑，"阅微阁本来就不是什么东西。你看看这些人，已经在安逸里待得太久了，一有什么事就指望别人替他们解决，所有人都成了软骨虫，一点儿迷药就能把他们弄死。"

众人脸上虽然愤恨，却也止不住心惊，他们的确以为有阅微阁在，天下就没有人敢作恶，因此放松了警觉心。迷药想来就是下在茶饭里，莫行南出门去刚好避过，李中泽或许根本没吃东西，除了这两个人，他们没有一个人躲过。

使者若有所思地点点头："你说得不无道理。可这有什么办法？阁主答应了别人，要护得这个江湖安宁。唉，我也没办法。只是你也别太嚣张，知书人虽然没说要拿你怎么样，但你也看到了，凭你这几十把剑，还成不了什么事。无论如何，有阅微阁在一天，你就休想把江湖翻过来。"

尽堂首领的目光一冷，向李轻裳道："我们走吧！"

莫行南脱口叫道："你不能跟他走！"

"不跟他走，我留在哪里？"李轻裳满脸都是倦意，淡淡道，"这个世界虽然大，早已经没有我的容身之地了……行南，你跟我走吧！你要是跟我走，我就不去尽堂。我们找个地方住下，我只有你，你只有我，就我们两个人，好不好？"

她这一声，问得凄迷，娇煞的眉目，俱是哀婉。

莫行南只觉得她整个人似乎都是一团迷雾，风一吹，就要全部化开。

"莫行南！"这声凄楚的呼唤来自李轻衣，她满面泪痕，满头珠翠零落，大红嫁衣委尘，神色哀戚而绝望，"我是你的未婚妻啊，你……你要抛下我吗？"

一边是端庄温柔的李轻衣，她是他心目中最贤良的妻子，能满足他对家庭生活的所有幻想。

一边是娇煞偏激的李轻裳……她脾气差，爱使性子，行事偏激，她的确不适合做妻子，可是，可是，他的心那么强烈地为她疼痛啊……

他从来杀伐决断，爽快利落，高兴就干，不高兴就拉倒，什么事情，好像都可以在"好"和"不"之间做选择。没想到今天，他却陷入这样儿女情长的两难。

两难……

就这么一犹豫间，李轻裳已经长笑起来，笑声有若哭泣，她的足尖轻轻在地上一点，飘然向后院飞去。

尽堂首领大惊失色，叫道："不要去！那里是死亡之眼啊！"

死亡之眼！

莫行南所有的呼吸都被这四个字夺去了！

血色涨上了他的眼睛，有什么东西在胸中挣扎欲出，他向李轻衣一顿首，声音沙哑得简直不像他发出的："李姑娘，我对不住你了！"

活着，总比死去好！哪怕，带着忧伤和不幸。

他终于做出了决定。

不能让她去死！

不能！

泪珠，从李轻衣眼中滑落，滴到地上，溅起轻尘。

他的背影在她眼中模糊，稍迟片刻，这个男人，就是她的丈夫，就是陪伴她一生的那个人啊！

然而此刻，他飞身而去，追另一个人！

李轻裳静静地站在假山之上，面前，是一池碧色的秋水。

"你犯什么傻？"莫行南急掠而来，"快跟我走！"

"你来了。"她回过头向他微微一笑，"每次都这样，在我最气你的时候，你却做出最令我心软的事。"

"够了，一切都够了！我带你走，去一个地方，谁也找不到！"

他拉起她的手，她却轻轻地挣开："你能过来送我一程，我已经很高兴了。"

"你听不懂我的话吗？"莫行南用力抓住她的肩，"我带你走，带你走！我跟你在一起，你不明白吗？"

他心里焦灼难安，她太安静，安静下来的她，令他有莫名的惊惶，他猛地抱住她："不要犯傻啊，阿南，我们找一个地方生活，就我们两个人，不好吗？这不是你想要的吗？"

"是啊！那是我想要的，却不是你想要的。"

她的手轻轻抚上他的面庞，这张脸，流动着令她深深依赖的刚硬和爽朗，浓眉之下，是一双黑亮的大眼睛。

她笑了，因为想起他在鱼篮山上，那样豪气勃发的样子。那，才是他该过的生活啊！

"行南，你穿这身衣服，很好看。"

他的脸上微微显出红色："现在说这个干吗？赶快跟我走吧！等迷药失了效，他们未必肯放过你。"

"行南，你心地很好，一直以来，都很同情我。你追来，也不过是因为不忍心见我去死罢了。其实你喜欢的人，一直是李轻衣。"说着，她笑了一下，"那是我姐姐。她是我最后一个亲人，我希望她可以好好地活着。而你，更要活得痛痛快快，怎么可以跟我在一起偷偷摸摸、躲躲藏藏？那样的你，一定不快乐。"

"随便你怎么说！"莫行南皱起眉，他快急死了，得赶快把她从这里带走，"有多少话，我们以后再说！"

"让我说完。不说完，我怎么甘心？"

她静静地把头靠在他的胸前，幽幽的藤萝清气隐约传来，她纤瘦的身子不盈一握。那一刻，莫行南的心，忽然被什么东西轻轻地点了一下，只一下，便无可救药地化成了水。

"其实我一直都很喜欢你，虽然知道你喜欢的是我姐姐——

不过她那样美丽温柔，的确比我更适合你。"她凄然一笑，望向那片秋水，"这死亡之眼，是我为长青子准备的。听说中了这种毒的人，会生不如死，我那么恨他，就是要他比死还痛苦。可是现在，他死了，我爹也死了，我娘也死了，而你，又是我姐姐的，我一个人，要去哪里呢？"

她的声音，一句比一句低，忽然轻轻一推，她整个人，如同一枚树叶，飘然坠下假山。

坠向那碧绿的秋水。

坠向那无尽的死亡。

"不——"

那一刻，莫行南整个人仿佛四下龟裂开来，散成尘埃。每一粒尘埃里面，都有她的影子。

鱼篮山上，一身黑衣的她。

龙蟒怒时，用藤蔓卷走他的她。

下山初换新装时，娇俏天真的她。

提起父母，一脸温柔向往的她。

发脾气时冷漠的她。

心情好时微笑的她。

恶作剧剪掉他头发的她。

吃甜糯米圆子的她。

得知父母真相的她。

……

他发出一声野兽般的惨叫，入那死亡之眼的，仿佛就是他！

他跳了下去！

这一跳，带着冲力，比她更快地落下！

"扑通"!

他先跌进水里,水不深,刚漫到他胸前——然后,伸开双臂,接住一脸惊恐的她。

"你怎么可以……"

怎么可以……

他浑身湿透,沾满洒下死亡之眼的池水,轻轻颤抖,神情有片刻的迷惘,心里面,却有引声长啸的冲动。

为什么要跳下来?

为什么要跳下来?

"我也不知道。"

他想了想,答道:"只是不能让你去死。"

说完这一句,他心里一下子空阔了。

原先那么多的挣扎,那么多道义与信义的纠葛,统统在这句话里烟消云散。

不能让你去死。

我要你好好活着。每天幸福地微笑。

心面里,刹那间释然。

原来……如此……

他将手平平举过头顶,不让她沾到一点儿水渍,缓缓地走上岸来。

"你会死的!你会死的啊!"她痛哭出声,"你知不知道你会死的啊!"

"好像知道吧。"他笑一下,把她放了下来,"但是,我不能看着你去死。小丫头,你才活了几岁?人世间的快乐,你尝到了多少?你怎么能就这么死掉?"

她的泪潸然而下，衣襟很快被打湿。她哭，透不过气来地哭，整个身子佝偻起来，哽咽得完全不能出声。

莫行南的心里，却出奇地安详。

他一直是个暴躁的、没有耐性的人，说话做事，都是风风火火，心里从来没有这样安详宁静过。看着这个女孩子好好地活着，没有什么东西可以危及她的生命，没有什么东西可以阻碍她的幸福，他甚至可以微笑起来。

原来，他对她，早已不是单纯的同情了啊！

他对她有过怨，有过恨，有过可怜，然而这些情愫中，爱意，已不知何时滋生出来，如大片的花朵，铺天盖地地生长，他以为那是天意成就，却没有发现，原来，是因为她。

因为这个，脾气不好、爱使性子、行事偏激的女孩子。

他如此安静地微笑，她慢慢停止了哭泣，脸上泪珠犹在，忽然笑了起来："你说错了。谁说人世间的快乐我没有尝过？你为我跳下来，我心里很快乐，很快乐！因为这个世上，居然会有这样疼爱我的人！世上的人，有几个能遇上这样的人？我虽然在鱼篮山上浪费了十二年，可是，老天爷把你给了我。有了你，过去的那些日子，统统不算什么了！"

她笑着拥住他，却被他挡开："别抱我。我身上有毒。"

"好吧。不抱就不抱。"她乖乖地收回手，就站在他面前，细细地看着他，"行南，你告诉我，现在你的心愿是什么？"

"心愿啊……"

"是啊，练最高明的武功，喝最好的酒，做最有名气的侠士，娶最贤良的妻子，你的愿望，还是这些吗？"

"阿南……"他还想再摸摸她的短发，可是脸色越来越苍白，自己明显感觉到体内力量的流失,却仍强笑着,道:"那些啊,做不到也就算了……但是,你一定要好好过日子,你才十七岁,才十七岁啊……"

"行南!"

她惊慌地想扶住他,却被他拒绝,看到她的眼泪再一次涌出,他大笑:"笨蛋!哭什么?二十年后,我又是一条好汉!到时候你嫁了人,我投胎做你的儿子!"

"我不要你做我的儿子。"她强行忍住泪,脸上现出笑容,"我要你做我的丈夫。"

"好吧,下辈子,我娶你。"

"为什么要下辈子?你的这辈子,不是还没完吗?"她深深吸了口气,深深地道,"这辈子的账,为什么要留到下辈子?来,我们这就去拜堂。"

莫行南摇头苦笑:"你想做寡妇吗?"

"如果是莫行南的寡妇,做做也无妨啊!"

使者与尽堂的人都已经走了,厅上众人渐渐醒来,就在几名长者商量如何处理三个人的尸首时,莫行南与李轻裳手牵着手,从后院走来。

莫行南用尽全身最后一分内力,烘干了身上的衣服,做个体体面面的新郎官。

李轻裳微微叹息:"穿白衣服拜堂,好煞风景。"

莫行南笑道:"反正你用不了多久就要做寡妇,正好省得换衣服。"

李轻裳一想,笑了:"嗯,有道理。"

众人听了两个人的话，都大吃一惊，镜轮道："莫施主，你要娶这个妖女？"

"她不是妖女。"莫行南好脾气地解释，"很快，她就是我的妻子了。"

刚刚从房中出来的楚疏言刚好听到这一句，吓了一跳："你的妻子，不是李轻衣姑娘吗？"

"书呆子，你来得正好——阿南，这位是楚疏言，他比我大一个月，没办法，你得叫他一声大哥了。"

她脆生生地叫道："楚大哥。"

楚疏言一头雾水地点点头，还想把莫行南拉到一边问问，李轻裳道："楚大哥，我们的时间，已经不多了。"

"什么意思？"楚疏言一怔，这才留意到莫行南的脸色苍白无比，说话也有气无力，两指往他脉门一探，登时身子一震，"你怎么了？你的内力呢？到底发生什么事情了？"

"没什么。"莫行南答的是楚疏言的话，脸却向着李轻裳，脸上有一种难言的温柔，"我刚刚明白自己的心意，现在，想按着自己的心意去做事了。"

说完，他牵着她的手，走进正厅。

正厅之间，红烛喜字，样样齐全。

虽然两家都没有尊长，他们还是认认真真地拜了三拜。

此时此刻，大家都看出莫行南动作无力，脚下虚浮，似乎轻轻一推便要倒下。而李轻裳，脸上虽带着笑，眼睛却蓄满了泪水。

两只描龙绘凤的瓷杯相交，两人各自仰头喝下杯中酒，一向海量的莫行南，剧烈地咳嗽起来。

他的身体，已经连一杯酒也经不住了。

李轻裳轻轻拍拍他的背:"娶到了我,你就高兴成这个样子了吗?"

"临死还讨了个老婆,也算够本了。"说着,他又是一阵咳嗽,这一次,咳出来的,是血。

李轻裳眼中的泪终于落下,脸上仍然带着笑:"你太不争气了,不然,还可以顺便留个儿子。"

他喘息着笑:"万一儿子不孝顺,我在地底下也要被气死,不要也罢。"

"行南!"楚疏言抢上前扶住他,"到底怎么了?"

李轻裳细细理了理他的鬓发:"他中了死亡之眼。"

"死亡之眼?"

镜轮大怒:"妖女!使者不是让你自己去吗?"

"禅师……"莫行南力气渐渐微弱,李轻裳连忙扶着他坐下,他才能继续道,"死亡之眼的惩罚,算我已经代她受过。她现在是我的妻子,还望禅师,看在我的面子上,不要为难她。"

"莫行南!"饶是修为精深,镜轮也忍不住动怒了,更有深深的怜惜,"你居然为这个妖女去死?"

"是啊,我就快死了,希望……希望禅师可以答……答应我……"

人之将死,谁忍心拂他的意?何况莫行南侠名遍天下,留下一位遗孀,谁忍心责难?

镜轮长叹一声,看着李轻裳:"你好重的心机!"

不仅让这第一少侠替她去死,还趁他死前嫁给他,以求后世安稳。

李轻裳微微一笑:"大师过奖了。"

"心机重一点儿……也没什么不好……起码……起码可以好好照顾自己……"莫行南说着，握住她的手，交到楚疏言手里，"书呆子……帮我，帮我照顾她……"

楚疏言眼含热泪，点点头。

莫行南放心了，展齿一笑："你不会怪我不讲义气扔下你吧？"

"行南……"楚疏言紧紧地握住他的手，"我会照顾好她，你……你放心！"

"好，好……"莫行南点点头，目光回到李轻裳身上，轻轻抬手拭去她的泪，"就算做了寡妇，也不必这样伤心……你还可以改嫁……"

李轻裳点点头："你不用担心，看到长得好看又有钱的男人，我一定改嫁。"

"男人好看没有用……像百里那样，也不用考虑……"他的声音渐渐低下去，手上的力气渐渐消失，"阿南，我好后悔……为什么，非要等到你去死的时候，才知道自己喜欢你……"

那只为她拭泪的手，无力地垂了下去。

留给她的最后三个字，是"喜欢你"。

她抱着他，泪一滴一滴落到他的脸上。看上去，仿佛他还没有死，还会流泪。

楚疏言眼中的泪，也忍不住掉了下来。

莫行南交游广阔，在场诸人，多半和他有一分半分的交情，镜轮更是痛惜这位少年侠士，带领少林弟子，盘腿坐下，低念《往生咒》。

自始至终，李轻衣都怔怔地坐在地上，怔怔地看着，不知道起来，也不知道哭泣，神魂似乎已经离窍。

李轻裳缓缓将莫行南放下，拭了拭泪，站起身来。她走到李轻衣身边，叫道："姐姐。我们姐妹，在一起的日子实在太短了。抢走了莫行南，我很对不起你。可是，妹子成了一趟亲，却还没有穿过嫁衣，姐姐，你把衣裳借我穿一下好吗？"

众人见莫行南刚死，她却惦记着穿一回嫁衣，居然这样薄情，纷纷露出不忿之色。

李轻衣缓缓抬起头看她，忽地抽了她一记耳光。

李轻裳脸一偏，脸上清清楚楚印上五道指痕，她居然还一笑，"姐姐，把衣裳给我穿穿吧。"

李轻衣不说话，反手又是一记。

"这两记耳光，第一下是为爹娘……是我爹害了你，关你爹和我娘什么事？你为什么非要大张旗鼓，逼得他们非死不可？第二下，是为莫行南，他那样一个人，你怎么能让他替你去死？"

说着，她忽然给了自己两记耳光，打得又重又狠，半点儿不逊于打李轻裳的，"这两下，是为我爹，他对不住你！"说着，她缓缓地站了起来，也不顾众人在场，解下外裳，道："这里的一切，其实都是你的，何况这一件嫁衣？"

她把嫁衣递到李轻裳手里，轻声道："无论如何，你都是我妹妹……我还记得你小时候的模样……妹妹，从今往后，你就是李家的主人，镜轮大师又答应放过你，你可以过得比谁都好。我爹对你犯下的过错，你……你多多原谅。"

"姐姐。"李轻裳唤了一声，眼眶就红了，抱住了李轻衣，"姐姐……"

姐妹两个，相拥痛哭起来。

也许这世上，再也找不到比她们更奇特的姐妹。

她们的父亲爱上了同一个女人，而她们，又爱上了同一个男人。

李轻裳穿上了华丽的嫁衣，戴上了珠冠。她的个子小，衣服和头冠都有些大，她却丝毫不介意，走到莫行南身边，转了个圈，问道："行南，你看，我漂不漂亮？"

楚疏言哽咽着道："李姑娘，行南他已经……"

"嘘！"她凑到他面前，"不要叫我李轻裳。"她回首望向李轻衣，也望向所有人，清晰地道，"李家只有一个女儿，那就是李轻衣。李家的一切都是李轻衣的。"她粲然一笑，"而我，我是阿南，我有莫行南。"

紧接着，她向楚疏言道："楚大哥，麻烦把行南扶到房里去，好吗？我还有点儿事。"

楚疏言点点头，抱起渐渐冷却的莫行南，眼眶又是一红。

她轻轻拍拍莫行南的脸："不要睡太死哦，要等我哦。"

众人看她已经有点儿疯癫，楚疏言沉浸在悲伤之中，没有理会。大家不再管她，都跟着楚疏言往后院去。

莫行南被安安稳稳地放在了床上。这张平日里豪情勃发、神采飞扬的脸，此时安然地合着眼睛，宛如熟睡。

每个人的心里都很沉重。

莫少侠被妖女利用了！

许多人都这么想。

楚疏言忽然问："李……阿南姑娘呢？"

"她？八成走了吧！"

"不对。"楚疏言皱眉。他是经过情海生波的人，看得出阿南望向莫行南的眼神，充满了依赖和眷恋，不可能就这样离开。

忽然，他隐约猜到了，"不好！"他飞身出去，追到池边。

丢弃"李轻裳"这个身份的阿南，站在池中的假山之上。

一身红裳临水自照，夕阳照在她身上，竟异常美丽。

不少年轻子弟忍不住想：难怪连莫少侠那样的人也会甘心替她去死啊，真的，真的很美啊……

"阿南姑娘！"楚疏言急急追至池边，"不要胡来啊！你答应过行南，要好好活着的！"

"好好活着？那不过是为了让他走得安心一点儿……"阿南忽地一笑，"他不在了，我活着还有什么意思？"

她这句话，赫然与李中泽临死前那句，一模一样。

众人这才明白，她要跳下去。

跳到这洒满死亡之眼的池水里去。

假山之上，阿南轻轻张开两臂，衣袖宽大，被风鼓起，宛如两只巨大的翅膀。她纤瘦的身子，似乎要被风吹得飘然远去。她仰着头，感受着人世的最后一缕清风："行南啊，我很快乐呢。"

似乎再也经不住风势，她的身子，飘然落下。

"阿南姑娘——"楚疏言冲上来，然而他够不到她。

除了行南，没有人能救她。

因为，再也没有人，肯为她去死。

她张开双臂，微笑地享受着死亡的速度，仿佛又看到了行南黑亮的眼睛。

他舍不得她死……他跳了下来……

更大的风声从她身边经过,他居然跳到水里接住了她……

"扑通"!

无数水花溅起,她感觉到爱与生命的重量。

唯有他能救她。

她的仇恨、亲情……一切都已破灭,唯有他,是她唯一的爱,唯一的救赎。

那双托起她的手,已经随着主人沉睡,而她,怎能忍受没有他的生命?

没有人能形容那场美丽的死亡。

她宛如一只美丽的凤凰,翩然坠落。

楚疏言伸出去的手,一直僵硬着收不回来。

原来,世上还有这样一种爱情。

除了死亡,没有任何东西可以见证。

她的内力比不上莫行南,生命流逝得更快。才走进房间,便已经支撑不住,倒下了。

李轻衣含泪扶她上床,让她和莫行南并排躺在一起。

她已经不能说话,只能用眼神示意李轻衣将两人的手握在一起。

夕阳如血,照映着死亡阴影下依然瑰丽无比的爱情,迟迟不肯落去。

而阿南的眼睛,最后看了莫行南一眼,随后,闭上了——

她的嘴角有一丝笑容。

第七章 婚礼

在这人世，她最后看到的是心上人的模样。而心上人最后留给她的话，是"喜欢你"。

已经，够了。

已经，很幸福。

行南，我很快乐。真的。

第八章 爱与重生

十月初九的太阳,来得分外缓慢。

那一夜,许多人都觉得太漫长了。

李宅的红绸与喜字已经全部撤下,红灯笼也换成了白灯笼。好在李宅财力雄厚,李轻衣耳濡目染,又颇有才干,在家中老人的指导下,一场丧事,也办得井井有条。

五口棺材,停在大厅。

李中泽与李夫人俱已装殓入棺。长青子的只放下了衣冠——被阅微阁带去的人,不论是死是生,永远都回不来了。

还剩下两具棺木,被抬到新房门口。

大家神情肃穆而哀戚。

谁能去打扰这样一对新人的安眠呢?

李轻衣脸上满是泪痕,楚疏言也眼眶浮肿,他们是与那对新人最亲近的人了,这扇虚掩的门由他们打开,再合适不过。

"吱——呀——"

门开了。

床上的一对新人,手握着手,安然地躺在床上。

李轻衣的泪,刹那间滚落下来。

她轻轻地弯下腰，抱起她的妹妹，她的轻裳，或者，阿南。

名字，身份，一切都不再重要，黄土一抔，谁记得谁的过往？

唯有那不死的爱情，是一切的见证。

阿南的身子很轻，她却没能抱起来。

原来，两个新人紧紧握着的手，不想松开。

楚疏言忍不住，深吸一口气，抱起莫行南。

但是手牵着手，怎样放进棺木？

"放在一起吧！"李轻衣道，"他们……一定也不愿意分开。"

于是，两个人被放进了同一口棺木。

棺盖缓缓合上，楚疏言忽然抵住棺盖，嘶声道："拿酒来！"

"行南，你知道我滴酒不沾，今天送你，我就舍命一回。"他说着，自己抱起酒坛，喝下一大口，不会喝酒的人，立刻被呛得咳嗽起来。

李轻衣道："我也陪一杯。这……就算是他们的喜酒吧。管家，把那坛女儿红拿来。"

那是李中泽的珍藏，五十年的女儿红。酒坛一打开，酒香顿时溢出来，李轻衣喝了一杯，正要倒给众人，楚疏言道："李姑娘，这坛酒，送给行南吧。"

众人一怔，不少酒虫见了这样的好酒，喉咙都开始痒了，眼见到口的美酒飞掉，失望极了。

然而说要送给莫行南，谁还有话说呢？

还有谁比莫行南更有资格喝这样的酒？

楚疏言深深吸了口气："他在地下，有这样的好酒，一定会很开心。"

棺盖缓缓合上。

行南，行南，以后我一定会常常给你送酒。

你，安心上路吧。

然而这坛好酒实在命运多舛，棺木被抬起，经过门口的时候，一个人不小心，居然被门槛绊到，只闻到一道浓郁酒香，透出棺木，刹时充满整个房间。

"好酒啊……"

有人这样说。

人们忍不住悄悄互相扫视，这是奠事，又不是酒楼，怎能在莫大侠灵柩前大谈品酒之经？

那个声音却不知死活，兀自道："我一定是做梦，黑漆漆的，谁送这么好的酒来？"

这一下，连李轻衣的脸色都变了，咳嗽一声。

这一声咳嗽似乎起到了作用，人群终于安静下来，棺木抬到厅上，再由匠人一起封棺。

就在棺木落地的那一刻，那声音忽然又响起："真的是酒！谁把酒洒在我身上？"

这一句话，说得无比响亮，每个人都清清楚楚地听见了，这声音，居然来自棺木中！

诈尸！

楚疏言一呆，似乎不敢相信，随后，他狂喜起来，扑上去推落棺盖。

于是身穿大红吉服的新郎官就站了起来，捏着被酒浸湿的衣摆，浓眉皱起，脸有怒容，大声喝道："是谁？居然打翻了这样一坛酒？"

这样一句话，在随后的数十年里，被人们反复引用。调侃一个糟蹋酒的家伙，再也没有比"把莫行南气得从棺材里爬出来"更有意思的话了。

不过在当时，抬棺材的工人、准备封棺的匠人，还有李家大大小小的丫鬟仆人，统统只有一件事情可做，那就是——晕倒。

那么多人集体晕倒的场面一定很壮观，连盛怒中的莫行南也呆了呆，问楚疏言："他们干吗？中毒了吗？"

"还说他们！你呢？你不是中死亡之眼了吗？"

楚疏言又惊又喜，摸摸他的脸捏捏他的肩，简直不敢相信这是真的。

"啊，死亡之眼……"莫行南想起来了，那一幕幕……长青子……李中泽……李夫人……尽堂……阅微阁使者……坠向秋水的纤瘦女子……一张张脸，都想起来了！

"阿南！阿南！"他回身扑到棺木里，阿南双眼紧闭，鼻息全无，他浑身一震，"她怎么了？她不是好好的吗？她又没有中毒，怎么，怎么会——"

"她后来自己跳进池子里。"李轻衣看着妹妹，刚刚提起的希望又覆灭了，怔怔问，"为什么？为什么都是中了死亡之眼，她，她却醒不过来？"

"那是时候未到，可千万别盖棺啊——"

说话的人气喘吁吁，竟然是行色匆匆的百里无忧。

他一身华衣，飞掠而来，停在莫行南面前："快把她抱出来透透气吧！还有啊，你这人实在很小气呢，难道就因为我没有参加你的婚宴，就想不开自杀？自杀就自杀吧，怎么还把阿南姑娘也搭上了？"

第八章 爱与重生

莫行南连忙把阿南抱了出来,一面对着他翻了个白眼:"你还说,昨天你跑到哪里去了?"

"前天晚上你出去追阿南,我也去了,只是……嘿嘿,追着追着看到一位佳人……呃,哪知道今天一早就听人说莫行南和新婚妻子双双死于死亡之眼,我还真怕你们把棺木封死了,到时候,没死的也真死了!"

楚疏言喜道:"你知道这毒?"

"嗯,这是天竺传过来的东西。原名叫作'给你一双死亡之眼',只是让人呈一种假死状态,六个时辰后便能复活,听说阿南比你中毒晚一点儿,醒来自然也要晚一点儿。"

正说着,阿南忽然在莫行南的怀里动了动,轻轻呼出一口气,就像清晨从睡眠中醒来一般,似乎还想伸个懒腰,忽然发现自己在莫行南怀里,身边还围着一大圈人,一愣,紧接着,震惊布满了她的眼睛,问:"行南……是我们活了回来,还是……这些人都跟我们下来了?"

"乌鸦嘴。"莫行南半是宠溺半是不客气地骂了一句,脸上随即浮现出无比灿烂的笑容,"原来是虚惊一场,天哪,真像一场梦。"

莫行南搞定了心上大感之后,注意力再一次回到原来的事情上,"这酒是怎么回事?为什么活着的时候不给我,等死了才泼在我身上?"

"唉!"百里无忧一脸不可救药的神情,摇摇头,"谁说是虚惊一场?你们两个,现在只剩下一个月的性命,还有心思找酒喝?"

阿南一惊:"什么?"

"这才是死亡之眼的真正含义啊,给你一双经过死亡的眼睛,走向死亡。据说在天竺,会给犯人下这种毒药,使其透彻反省自己的罪行。看得开的,是解脱。看不开的,这一个月,却生不如死。"

"生不如死?"阿南喃喃低语,"尽堂首领下药的时候,也是这样说的。"

莫行南也怔住了:"一个月?"

难道死而复生,相守的时间,也不过短短一个月?

一个月,可以拿来做什么?

如果你的生活里忽然空出了一个月,你准备干吗?

学你一直想吹的笛子,或是学艳羡好久的舞蹈?

去远方看望一位朋友——你一直答应要去,却一直没有去成。

找个山清水秀的地方修身养性。

就那么好吃懒做地过一个月。

……

答案有无数种。然而,倘若这是你人生当中的最后一个月,你又会怎么做呢?

爽直洒脱如莫行南,聪明玲珑如阿南,都有些迷惘。

秋天的暖阳洒在他们身上,风柔柔地吹过,带来满园花草的香气,几只淡黄的蝴蝶在身边飞舞,几乎可以听见它们振翅的声响。

生命,是如此美好。

尤其,当你经历过一次死亡之后,更能体会出一花一叶中的美丽。

"如果死了，就再也看不见这样蓝的天，晒不到这样舒服的太阳，也看不到这样美丽的蝴蝶了……"阿南坐在石凳上，双手托住脸，脸上有不舍，也有惆怅，微微叹息，"行南，死过了一次，我反而更怕死了。"

莫行南默坐，忽然道："过来。"

"什么？"

"坐到我身上来。"

阿南脸上一红："什么呀，大白天的，到处都有人……"

"阿南，难道你还没有想开吗？"莫行南的眼神登时透彻，"我们只剩下一个月了，一个月之后，世上不再有我，也不再有你，别人怎么看我们，又有什么意义？"

啊，他居然，比她先想通。

是啊，只有一个月的时间，为什么还要管别人怎么想呢？光用来管自己，都已经不够了啊！

她起身坐到他膝上，他的胸膛宽阔温暖，她把头靠在他肩上，微微舒了口气："其实能有这一个月已经不错了——简直是我们白白捡来的。"

他听着，低下头，轻轻地，亲了亲她的脸。

"嗡"的一声，她整个人晕了晕，整张脸埋进他的衣服里。

莫行南拍拍她的头："喂，都老夫老妻了，害什么臊？"

"谁老夫老妻了？我才十七岁哎，"她不满地反驳，"还有，你刚才叫我什么？"

"好好好，阿南，阿南。"他投降，"行了吧？"

她这才点点头，靠回他身上。

莫行南忽然一皱眉："不对，我应该叫你娘子才对。"

"那我是不是要叫你相公？"她微笑着配合，"相公，相公……"

相公，娘子。

老公，老婆。

多么平凡的称呼，这世上，有无数人听着这样的称呼，从青年到白发苍苍，再到死。

然而他们没有机会了。

无论怎样相亲相爱，都不会有白头偕老的一天。

阿南的眼中，止不住有了泪意："行南，你当初根本就不应该去南疆……莫行南，莫行南，那句'九死难逃一生'，真的没有说错啊……"

"算我倒霉吧！"莫行南拍拍她的脸，"好了，别哭丧着脸。我们得想想，这一个月要做点儿什么才好。"

他用袖子擦去她的泪珠，看着面前这张脸，胸中那剑气般的伤口，忽然又疼了起来。

阿南，阿南，你才十七岁，怎么可以，就去死？

他的眸子变深，里面那深深的怜惜，阿南只看了一眼，泪水便又掉了下来。

"行南，这个世上，只有你会这样看我。当初在鱼篮山，你说不要绿离披，要带我走的时候，就是这样看我的。我当时就想，世上怎么会有这种人啊，怎么肯为了别人伤害自己啊？"她说着，含泪一笑，"哪知道，你为了我，甚至连命也不要。活不活这一个月，对我来说并没什么差别。就算我在昨天死了，心里一样高兴得很。但是你……你这么好的人，不该这么早死。"

莫行南抓了抓头，纳闷："怎么？难道我当时就喜欢上你了

第八章 爱与重生

吗？"

他故意做出这副神情，不再跟她提"死"字，阿南怎么会不知道？她抹了抹泪，跟着一笑："是啊，可是你偏偏嘴硬得要命，又笨得要死，一路上只惦记着要娶我姐姐……哎，你说，你是怎么认识我姐姐的？"

她倒翻起了旧账。

莫行南却已经变得聪明了，牢记郑镖师"切不可在一个女人面前提另一个女人"的情场箴言，抬头望天："哎呀，你看今天天气真是好啊，不如我们出门逛逛吧——啊，我带你去扬风寨好了，说起来，那也算我的窝。"

阿南凄楚地看着他，仿佛随时就要哭出来。

莫行南天不怕，地不怕，就怕她这副样子。只好咳嗽一声："呃，我觉得她很适合做老婆嘛，那会儿又顺路，就跑来看了看她咯。"

"然后呢？"

"然后，然后就见了个面，聊了个天。"

"就只是见了个面，聊了个天，你就去找绿离披？"阿南不可置信地瞪着他，这个男人的冲动，远出她的意料。

"我已经决定娶她做老婆嘛，直接找绿离披就是了，废那么多话干什么？哎，我还没有问你呢，百里无忧那小子最好色了，他没对你怎么样吧？"

"他没有……不过……"

"不过？"原来只是想用这个名字转移她的注意力，哪知道居然真的有内容，莫行南浓眉早已皱起，"他都做了些什么？"

"你想到哪里去了？"阿南白了他一眼，"我是觉得百里无忧这人，有些奇怪。"

他松了一大口气："哦？"

"他身上有一丝很奇特的香气，这香气，和尽堂主人很像。"她说着，一面回忆思索，"当时尽堂主人在林子扣住我的时候，我就闻到这股香味。后来那两个和尚追我的时候，他让我上马车，我又闻到这股味道……"

"你还别说，那天我就觉得尽堂那家伙的背影很像百里啊！"莫行南道，"可是，百里是娑定城少主，要什么没有？何必再组个什么尽堂？再说世上相似的人太多——啊！我知道了！"

"知道什么了？"

"尽堂那家伙，八成是百里失散多年的兄弟，就像你和李轻衣一样！所以两个人才有所相似……"

莫行南的话还没说完，阿南就笑了出来，眼中泛出点点星光："除了这一点，你再也猜不到别的了！"

莫行南看着她，由衷地道："阿南，你笑起来，真的很好看。"他将她抱得更紧了，贴近自己，低声道，"我们好像还有一件事情没有做。"

阿南茫然："什么事？"

"我们已经拜过堂，喝过交杯酒，可是……"他的眼睛含着笑，"还没有洞房……"

"啊！"阿南的脸，刹那间又红了。

那天晚上，她做了他真正的妻子。
夜半时候，月光透过窗棂洒进来，阿南忽然睁开了眼睛。
她悄悄地支起身子，低头看着身边的他。

他合目安睡，像个玩累了的孩子。

眉毛又浓又长，那双明亮的眼睛也睡着了，看不到里面如太阳般耀眼的光芒。

他是她的太阳。

照亮她所有的阴暗。

他也是许多人的太阳，人人都仰望他的光芒。

她悄然地下了床，披上一件外衫，如风一般掠向书房。

她记得，那天在书房隔壁，听到长青子和她父亲在讨论绿离披。

书房里放满了书、瓷器、玉瓶，她不放过每一寸地方，细细搜寻，终于在书桌里发现一个暗格，轧轧连声之后，通体墨绿的绿离披，静静地呈现在面前。

虽然李中泽肯出万金，药王谷的人却一直没有来。这株绿离披，正安静地等待着它的主人。

她欣喜地取过。

"阿南……"门口忽然响起莫行南的声音，"就算绿离披能解死亡之眼，可是，一株绿离披，只能救一个人。"

他不知何时站在了门口，半倚着门框，双手环抱，目光如水，望向她。

如水一般的悲伤。

这是他第一次，在她面前流露出对生命的悲伤，亦是，对她与他的。

他是那么大气豪爽的一个人啊，闯荡江湖，鬼门关前不知走了多少遭。他是天生的游侠，从来没有看重过自己的性命，为朋友死，那是义烈，为家国死，那是忠烈，然而唯有为她而死，觉得幸福。

多么奇妙的感觉，二十二年的生命里，从来没有一个人像她这样，唤醒他的欢喜、恼怒、怜惜甚至怨恨。在他还不知道自己的心意之前，整颗心早已为她痛，整个人早已为她燃烧，甚至，在死亡之眼面前，他几乎连一刻的犹豫也没有，就直直地跳了下去！

就那么一起跌入死亡吧！反正，他们的血脉都已经纠缠在一起，再也分不开了！

"别傻了。"他缓缓地走到她面前，"我是不会用它的。"

她笑了，双眼在最深重的夜色里闪耀着明月般的光辉："你才傻呢。我打算把它送人。"

看到她偷偷起床，他就猜到她是为这绿离披而来，却没猜到她居然准备送人。

"送谁？"

"央落雪。"

"药王谷大弟子？号称当世第一神医的央落雪？"莫行南不解，"你认识他？"

"这东西放在我们身上，跟野草有什么分别呢？到了神医手里，才真正是活死人肉白骨的圣药。我们辛苦一场，差点儿把命搭上才弄来的东西，总不能就这样白白浪费了吧？"说着，她又一笑，"我从前做了不少错事，这一回，就当积点儿德吧！"

于是，这一个月要做的事情，定下来了。

那就是，送药。

十天之后，药王谷五里外的一家集镇上，迎来了一对年轻的夫妇。

男的英勇洒脱，扛着三五只大包袱，女的娇弱纤瘦，一路上紧紧抱着丈夫的胳膊，时不时惊呼一声，跑开来，不时，手里多了一只葱绿绣花的荷包，笑吟吟地跑回来："好不好看？"

"嗯。"莫行南点点头，"多少钱？"

"一两银子。"

莫行南把钱递给她，看她欢快地跑向小摊。

旁边一个妇人拧了丈夫胳膊一下："瞧瞧人家，对娘子多好！哪像你，扯一块料子都要念叨三天！"

"那是人家有钱！没看人家买了几包袱东西？"

"别吵了。"莫行南道，"你们两个运气已经很好，可以陪伴对方几十年，为什么还要为这些小事争吵？钱赚来就是花的，看到她开心，难道你不高兴吗？既然高兴，花点儿钱又有什么关系？"

"跟谁不是几十年？"男子悻悻地看着他，"钱赚来就是花的，说得倒容易，钱是那么好赚的吗？"

可惜他不知道眼前的人是莫行南——传出去也没人相信吧？向来以拳脚讲道理的莫行南，今天居然极有耐性地劝起架来了。

听他这样说，莫行南唯有长叹一声："你这么想，等到你们不得不分开的时候，后悔就晚了。"

"跟他们说什么？"阿南付完钱，把他拉开，"他们还有那么长的日子，能吵架也是福气啊！"说着，似乎觉得这句话太心酸，又笑道，"每个人都有自己的活法，对不对？"

"我只是觉得他们那样吵架很浪费啊，如果拿来聊聊天，不是很好吗？"

"我们从前不是也吵过架吗？现在回想起来，也蛮有意思的啊！"

时间真是十分神奇的东西,站在此处回头看,那些愤怒而悲伤的,颜色已经变得淡了,淡成浅浅的一块,看着甚至可以微微一笑;而那些快乐欢喜的,回想起来,眼中却忍不住有了泪意。

眼看已是正午,两个人找了家酒楼吃饭。莫行南照例无酒不欢,不过现在,他不再直接端着酒坛喝,而是用碗。

因为有时候阿南也会凑上来喝两口。

店里的其他客人见他俩如此恩爱,都十分羡慕。

莫行南看着脸都埋进碗里的她,神色之间,忍不住染上一丝凄然,问道:"阿南,以后你喝酒的时候,会不会想起我?"

"不会。"她毫不犹豫地答,看他的脸色白了白,才笑道,"活着的时候,你在我身边,死了的时候,你也会在我身边,既然不会分开,又有什么好想的?"

莫行南听了,一笑,又问:"如果我们都能活着,你有什么心愿?"

"你问我的心愿?"阿南笑眯眯,"我可没有那么贪心啊,我希望可以生两个孩子,一个男孩子,一个女孩子,我们一家四口闲下来吃一碗软软的、甜甜的、糯糯的圆子。或者,你教他们武功,我教他们轻功,多有意思!"

说完,她长长地吐出一口气:"呵,瞧我在说什么呢?"

这样寻常的幸福,对他们来说,已经是很贪心了啊!

以两人的轻功,五里路不过盏茶工夫,就到了这武林四大秘境之一。

药王谷就在面前。

第八章 爱与重生

绿离披

看上去,不过是个平常的山谷,隐约看得见几角飞檐,然而到了这个时节,谷中仍然奇花烂漫,香气扑鼻,一路走进去,空气中浮动着花香与清苦的药香,混成一种无法言喻的特殊味道,超尘脱俗。

一个少年迎上来:"请问两位问什么病,要找哪位大夫?"

活脱脱医馆的模样。

"在下莫行南,这是内子,有样东西,想亲手交给央神医。"

少年答应一声,将二人引入谷内。谷内房屋俱以青竹建成,看上去十分别致,三人在一间竹屋前停下,少年恭声道:"大师兄,莫行南莫少侠夫妇给您送东西来了。"

药王去世之后,药王谷的门户便一直由央落雪执掌,虽说是师兄,门下师弟却如同师尊一样敬重他。

竹屋内久久无人出声,莫行南等得都快不耐烦了,一个声音才幽幽道:"莫少侠吗?你我素不相识,没有必要送我东西吧。"

阿南偷偷在莫行南耳边道:"这个人的脾气好怪啊,别人送东西也不要。"说完,她抬高声音:"央神医对绿离披也没有兴趣吗?"

门内静了一静,"吱呀"一声,门开了,一个白衣蓝袍的少年走出来,眸子里有惊疑不定的光芒:"绿离披?"

他生得极为清秀,肤色白皙纯净犹如少女,可是一头长发,居然是雪白的。

比八十岁老人的还要白。

莫行南将怀里的墨绿花草交给他。

他迫不及待地拿在手里,反复地看了看,惊疑变作惊喜:"绿离披,真的是绿离披!"他的指尖轻轻颤抖,似是十分激动。

哪个医者看到这样的神药不惊喜呢？

莫行南和阿南立刻成为药王谷的座上宾。晚上，性情淡漠骄傲如央落雪还安排了一桌小小的席面，为两人洗尘。

酒过三巡，他道："莫少侠，莫夫人，请伸出手来。"

两人都一愣，互相看了一眼，依言伸出手。

央落雪双手轻出，一左一右地搭在两人的脉上，眼睛微微闭上，片刻，抬起头来："两位身中剧毒，为什么还要把绿离披送给我？"

莫行南微微一笑："这自然是有原因的，只是神医不必知道。"

央落雪微微叹息："死亡之眼啊，难道，两位都看透这尘世了吗？"

两人没有说话，两只手，轻轻在桌子底下相握。

当两手相握，时间，已经没有意义。

央落雪亦不再提，入夜，安排两人入住，莫行南脱了衣服正准备上床，忽然发现阿南准备出门的模样："咦，还不睡？"

"你先睡吧。"阿南说着站起来，抱了抱他，轻轻在他耳边道，"我要去找越大夫。"

越大夫是药王谷里唯一一位女大夫。

"做什么？"

"哎呀，你问这么多干吗？"阿南娇嗔地一捶他的肩，"这是女人家的事啦！你不许跑开哦，我回来一个人不敢睡。"

莫行南点点头："早点儿回来。"

阿南果然听话，片刻就回来了，莫行南掀开被子让她躺进来，她一溜钻进他温暖的怀里，藤萝般的清冽香气充盈在他的鼻尖，他握住她有些冰凉的手，问："找越大夫什么事？你哪里不舒服？"

"没什么。"她的脸紧紧地贴着他的心脏，听到那有力的跳动，忽然道，"行南，如果没有我，你会娶我姐姐吧？"

"天哪，你又问这个。"

"说嘛，你说嘛。"

"咳咳咳……"莫行南仿佛一下子老了几十岁，脸都皱了起来，"那我问你，如果没有我，你心目中想嫁的是哪种人？"

"唉，我还没有想过要嫁哪种人，就已经遇上了你。"她半是叹息，半是玩笑，忽然深深地吻他，"行南，你会记得我吧？不会忘记我吧？"

"这又是什么傻话？"莫行南毫不客气地给了她一记暴栗，"快睡你的觉！"

阿南摸摸头，又叹了口气，才睡去了。

莫行南听着她的呼吸绵长均匀，还是不太放心，伸手点了她的睡穴。

然后，起身。

穿过一道曲桥，穿过布满药香的空气，他敲响了央落雪的房门。

"进来吧。"

央落雪坐在桌后，纸笔铺在面前，却一字未下，似是在思索药方。

"央神医……"

说完这三个字，莫行南忽然不知道怎样开口，千言万语，千愁万绪，纠集在一起，似乎把他的嗓子都堵住了，他深深吸了一口气，蓦地，向央落雪跪下了。

央落雪抬起头，脸上全无惊异之色，只问："为什么？"

"抱歉，那绿离披……请你救救内子。"明明送出去的东西，却要要回来，这对莫行南真是千难万难。

可是更难的，是看着阿南在十七岁的绮貌华年死去。

就让他做一回小人吧！骗了她，又骗了央落雪。

央落雪站了起来，白衣蓝袍，如月边白云一样皎洁清秀，他在莫行南身边停下，道："我听说莫行南是问武院的身刃状元，洒脱豪爽，最重信义，而且，宁死也不会低头……你这样的人物，居然会跪在我面前，我真的很意外。"

如果换一个人，在莫行南向他下跪的时候，这样啰啰唆唆冷冷淡淡地说半天题外话，莫行南一定会好好给他一点儿颜色，可是此时此刻，莫行南只有忍气吞声，因为，眼前这个人，大约是这世上，唯一能救阿南的人了！

"莫少侠，你请起吧。"央落雪终于愿意进入正题，然而，他说的却是，"对不住了，我已经答应了另一个人，用绿离披帮她救人。"

热血登时冲上莫行南的头脑，他的脸涨得通红，瞬间又变得煞白："谁？"

谁抢用了这救命的绿离披？

谁占了他和阿南拼死摘来的绿离披？

"你的夫人。"央落雪淡淡道，"半个时辰之前，她也和你一样，一进门就向我跪下，求我救你。"

"阿南？"莫行南呆住了，瞬间明白过来，原来她根本不是去找越大夫，她是来找央落雪的。

"是啊，还说如果我答应她，她就传我那身惊世骇俗的轻功，如果我不答应,她就传遍江湖,说我强夺绿离披。"说着他微微摇了摇头,"哼哼,居然对我如此软硬兼施。"

一直埋在莫行南胸中的痛楚与悲伤,终于澎湃而出。

他应该知道的啊,如果真的存了送人的心思,她就不必偷偷去拿绿离披啊!

送人,不过是她把绿离披带到药王谷的借口罢了。

"——我这一生中,有无数人向我下跪,求我救他,然而你们,却是求我救对方……"央落雪那寂寥的面庞上,忽然起了一层薄雾,他微微叹息一声,"这样的人,我还从来没有救过。"

"那么,就救救她吧!"

"救她?不救你?"

莫行南仰天大笑一声:"我进问武院学武,夺得身刃状元,闯荡江湖,也薄有名号,几个朋友,个个交心,还娶了一个这样爱我的姑娘做妻子,人生走了这一遭,夫复何憾!"

央落雪沉吟:"难道,你就不想和她一起白头到老?"

白头到老?

这是无数恋人的心愿啊,可是——

"一株绿离披,只能救一个人。如果我们中间,只有一个能活……"说到这里,他深吸一口气,"那我选她!"

央落雪陷入更长久的沉吟,半晌,忽然道:"谁说一株绿离披只能救一个人?"

呃?

莫行南的眼睛顿时睁得如铜铃一般大,这位白发少年神医说什么?他没有听错吧?"难道……难道……"

"别人或许不能。"白发神医微微一笑,一股傲气便似从足心直冲眉宇,令这看似有些孱弱的少年刹那间焕发出夺目的光芒,"但,我是央落雪。"

那一刻,莫行南终于知道,为什么这看似平凡无奇的小小山谷,居然可以成为武林人人敬仰的四大秘境之一。

因为医术对生命的操纵,比武力更有力量!

亦更值得尊敬!

第八章 爱与重生

尾声 / 幸福，有如奇迹

人不得不相信命运，又不得不相信奇迹。

因为有些时候，奇迹亦是命运的一部分。

莫氏夫妻的命运，就在两碗浓稠的药汁面前改变了。

生龙活虎的莫行南莫少侠，重新活跃在江湖上，重新打抱不平、行侠仗义，只是喝酒与打架的时候，不能再不要命了。

因此生命是如此可爱。

他已经死过两次了，第三次死亡，他希望可以留到白发苍苍、儿孙满堂的时候，选一个月圆的日子寿终正寝。

阿南却要白天死。

为什么？

"晚上死多没意思？静悄悄地就走了，谁也不知道。我们挑一个热闹的时候，一大堆儿女围着我们，听我们讲年轻时候的故事。讲着讲着，我们忽然停下来了，眼睛也闭上了，他们以为我们睡着了，其实，嘿嘿，我们死掉了。"

这样才热闹嘛！

到了莫少侠成为莫大侠的时候，这个话题才渐渐搁下来。因为孩子们很不满意名满江湖的父母居然讨论这样无聊的话题。

如阿南所愿，他们有了一个儿子，一个女儿。儿子叫阿轻，女儿叫阿裳。

有空的时候，莫行南会教他们武功，跟他们讲当年的事。杀死一条龙蟒，一生中已经死了两次，是多么丰富的故事题材！

阿南含笑端着四碗甜糯的圆子出来，远远就看见莫行南指手画脚，讲得眉飞色舞，一双眼睛，又大又亮，同当年那个又冲动又深情的少年，没有半分差别。

时间如同流水，会慢慢带走我们的健康，我们的生命，但是，有些东西，它却永远也带不走。

比如我们年轻时的记忆。

比如爱人当年的模样。

而人世间的幸福，不过如此。

——正文完——

尾声 幸福，有如奇迹

小剧场·糖桂花

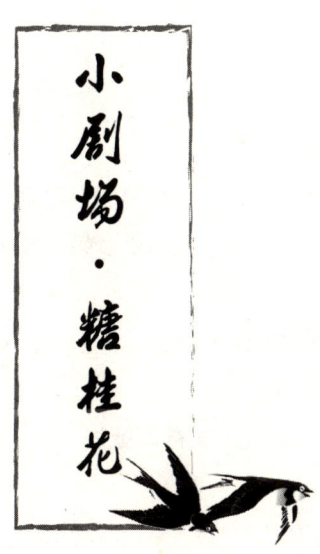

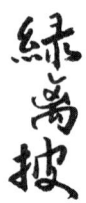

一

莫行南上一次站在少林寺的山门前,是十多年前。

现在,少林寺的山门依然巍峨,风景依然壮丽,他的心情却不同了。

那时他跟着同辈们被人含笑迎入,现在,等了半天,去回话的知客僧半天还没回来。

"直接进去找到央神医就好了,一定要他们带路吗?"阿南问。

莫行南摸摸她的头:"这叫规矩。"

"规矩真多。"阿南捶捶腰,扶着腰在石级上坐下。

从扬风寨出发,快马加鞭,到少林寺一共花了五天,这五天他们几乎是不眠不休。

好半天后,知客僧终于回来了,脸上仍旧是不咸不淡的神情,向莫行南合十道:"央神医正在替方丈针灸,小僧不敢打扰。敝寺镜轮禅师有言,莫少侠光临敝寺,敝寺上下扫榻以待,但敝寺向来不留女客,这位姑娘请恕敝寺不能招待。"

少林寺白天上香礼佛,善男信女来者不拒,只是晚上女客留宿不便而已。这样说的意思，就是摆明了不让阿南进寺门。

莫行南抱拳："我们夫妇有要事找央神医，人命关天，还请大师行个方便。"

知客僧低头合十，不动如山，眼皮都没有抬一下。

"大师……"

莫行南还待再说，阿南拉了拉他的袖子："我不去了，你自己去吧。"

莫行南道："不，我们一起。"

这世上，但凡他去得的地方，她便去得。

阿南撇了撇嘴角："我才懒得进去，我就在外面歇歇，等你消息。"

知客僧脸色一变，终究看在莫行南的面子上，按捺住没有发作。

莫行南想了想，为免在少林寺里打起来，还是让阿南在外面等比较好。

他跟着知客僧上山去。留下两个小沙弥双手合十、歪着脑袋看着阿南，都是一脸戒备。

他们听说过这个妖女的故事——她杀了法空和法明两位师叔，还让莫行南替她顶罪。

莫行南据说是江湖中少年第一高手，不知怎的脑子不大好使，就这样还娶她为妻。

现在见她个子比他俩也高不了多少，瘦瘦小小的模样，也不知道哪里有本事能杀人，又哪里有本事能降住莫行南……

忽地，阿南朝他俩笑了一下，两人唬了一跳，一脸惊恐，再也不敢待下去，手拉着手"哇啊啊"惨叫着找师父去了。

小剧场·糖桂花

阿南笑坏了，好一会儿才歇过气来。

这里很高，从这里望下去，山下的道路房屋变得很小。

有点儿像鱼篮山。

阿南怔住。

她忽然发现，她不再害怕鱼篮山了。想到那座山，心中掠过的不再是恐惧，而是温柔。

因为，就是在鱼篮山上，她遇到了莫行南。

而只要想到莫行南，她便忍不住微笑起来。

不大一会儿，莫行南便回来了，阿南看他两条眉毛拧在一起，就猜到了："没见着人？"

"我只见到了镜轮禅师。"莫行南很是发愁，"镜轮禅师说少林寺自会保护央神医，绝不让尽堂得逞，不用我们插手。"

几天前，扬风寨得到消息，尽堂接下新生意，下一个目标便是央落雪。

一个月前，少林寺方丈昔年旧伤发作，将央落雪请至少林寺医伤。

得到消息的莫行南和阿南立即动身赶来少林寺，一是为了报信，二是为了对抗尽堂，保护央落雪。

阿南叹了口气："你一定挨骂了。"

其实镜轮禅师修为精深，涵养甚好，并没有恶言相向，只是在听说他和妻子同来时，面色稍稍一变。

禅师身边的法见却是怒目而视："尽堂杀手，哼哼，咱们又不是没有见过，只怕有一个已经跟着莫少侠一起来了！"

莫行南皱眉道："法见师弟不要误会，阿南不是尽堂中人。"

"那一日在李家，众目睽睽，谁都瞧得清楚明白，那妖女和尽堂是一伙的！"法见双目通红，"莫少侠，你是堂堂江湖第一少侠，怎么能上她的当？"

自成亲后，莫行南一直觉得自己的性子好了很多，现在才发现，这其实是个误会。

他的拳头蠢蠢欲动，忍了又忍，才沉下声音，道："一、阿南是我妻子，不是妖女；二、阿南和尽堂没有关系。师弟再乱说话，休怪我不客气。"

他声音虽低，但目光迫人，有股凛然之威，法见一滞。

镜轮禅师开口道："央神医是少林寺的贵客，少林寺上下必定会护央神医周全。莫少侠，你请回吧。"

二

尽堂神出鬼没，莫行南不是信不过少林寺的实力，只是不敢拿救命恩人的性命冒险。

两人想了想，正门走不了也无妨，凭两人的轻功，潜入少林寺，实在是小菜一碟。

少林寺给贵客安排的厢房一般在西院，央落雪应邀为方丈治病，更是贵客中的贵客，房间定然是在西院左首第一间，推窗就可以看到奇峰突起，风景壮美无边。

果然，其他屋子一片寂静，只有第一间亮着灯。

只是他们也不能再近一步，因为屋前屋后都有僧人把守，个个都是罗汉堂的高手。

莫行南本来还有点儿不服气，现在却忍不住暗暗点头，在这样的保护下，央神医应当无虞了。

阿南忽然问道："央神医有什么仇人吗？"

"央神医从来只救人,不曾杀人,哪会有什么仇人?"

"那,他可有什么喜欢的人吗?或是,有谁喜欢他吗?"

这可把莫行南难住了。要问江湖上谁谁厉害,什么武器排行靠前,没有谁比莫行南更清楚,但要说谁谁喜欢谁,莫行南就全然抓瞎了。

"唉,问你也是白问。"阿南笑了,"你这人,连自己喜欢谁都不清楚。"

"问这个干吗?"

"笨,一个人要另一个人的命,要么为恨,要么为情。央神医救死扶伤,没有仇人,不仅没有仇人,全天下的人都想巴结他,好求他救命,谁会想杀他呢?

"我想,多半是有人爱而不得,因爱生恨吧。"

"因爱……生恨?"莫行南觉得难以置信。爱便是爱,还能变成恨?

"傻行南,你不懂的。"阿南摸摸他的脸,"你想办法引开这些人,我去问问央神医便知道了。"

要引开罗汉堂的人很容易,莫行南撕下衣袖蒙上脸,从屋檐下掠出,上了另一片屋脊,罗汉堂的高手们立刻被惊动,追过去。

阿南施施然落地,叩响了央落雪的房门。

"请进。"

阿南不由得想起上次听到这声音时的情景,那时候,她和莫行南还在生死边缘徘徊。

阿南推开门,屋内,一灯如豆,央落雪正在灯下执笔写药方,依然是老妪般的白发,少女般的面容,见到阿南:"原来是莫夫人。"

"莫夫人"三个字,让阿南嫣然一笑:"央神医,好久不见。"

央落雪点点头,示意她坐下:"手伸出来。"

阿南一怔:"神医,我不是来看病的……"

"手伸出来。"央落雪的声音不容置疑。

阿南只好伸出手,一面道:"央神医,想必镜轮禅师已经告诉了你尽堂的事,我和行南正是为此事而来,神医救死扶伤,世人敬仰,断不会有什么仇敌甘冒天下之大不韪前来行刺,我冒昧问一下,神医可有什么情缘纠葛之类的……"

"上次癸水什么时候来的?"央落雪问。

阿南一呆。

"癸水。"央落雪提醒她。

"上个月……不,上上个月的样子……"

央落雪点点头:"舌头伸出来。"看了之后,又换左手诊了诊,片时,提起笔开始写方子。

阿南哭笑不得:"神医,你可知道有人要杀你吗?"

"知道。"央落雪笔下不停,"今天是你,昨天是三花门铁门主,前天是崆峒派还真长老,大前天是问武院薛夫子……人太多,再往前我便记不得了。"

阿南愣住了。

"尽堂要杀我,那便让他们来吧。镜轮禅师说尽堂向来行踪诡秘,这次难得知道尽堂的目标,所以让我在少林寺多住些时日,他们便可以坐等尽堂上门。少林寺千年古刹,对付尽堂想必绰绰有余,贤伉俪就不必操心了。"

他的语气平淡,好似在谈论天气,而不是生死。

阿南忍不住问道:"神医,尽堂杀人秘法诡异无比,防不胜防,你,真的不怕死吗?"

"不,我怕。"央落雪抬起眸子看了她一眼,眼睫浓密好似一条墨线,"可就算尽堂不来杀我,我自己好端端也会死的。"

阿南彻底愣住了,这是不是,就是佛家与道家所谓的,看破生死呢?

嵩山的秋夜凉如水,阵阵山风从窗外吹进来。

灯影晃动,央落雪伸出一只手,护住那一点摇摇欲坠的灯芯,他的手白皙修长,被灯光映得红融融,另一只手将写好的方子递给她:"若有闲,就照方抓药,三碗水煎作一碗,每日饭后服用。莫夫人你身体纤弱,气血亏虚,现在有了身孕,最好要将养将养才行。"

阿南身子一颤,险些捏不住那薄薄的一张纸:"你……你说什么?"

央落雪看着她,脸上有丝极浅的笑意:"莫夫人,你有喜了。"

三

罗汉堂的高手果然不同寻常,莫行南满山兜了好几个圈子才把他们甩掉。

绕山奔跑的同时,莫行南还暗自庆幸轻功得过阿南的指点,要换作从前,只怕在追到一半的时候就被逮住了。

赶到山下的时候,阿南已经在等着了。

山风吹得阿南的飘摆飞扬,单薄的身子仿佛要飘然而去,莫行南解下外袍就往她身上披:"夜里风大,怎么不知道找个避风的地方？哪怕找棵树也行……还有，明明入秋了，为什么还不换夹衣？你当你是我，有内功护体吗？"

阿南从前养成的习惯，为免影响速度，衣饰一律单薄，从不肯穿厚衣服，每次莫行南逼她穿上，她都要埋怨半天。

但这次，她一句话也没说，只是悄悄地偎进他的怀里，静静的。

莫行南觉得不对劲儿："阿南，有什么事吗？"

猛地，他想到一个最坏的可能："难道，尽堂已经把央神医杀了？"

一念及此，他义愤填膺，转身就要往山上冲，阿南拉住他的袖子："你想到哪里去了？央神医没事。"

莫行南松了一口气，可马上又提了起来，若不是央神医有事，那就是，阿南有事了……

而阿南有事……这念头想都不能想，一想，心肝便不由自主地发颤："阿南你……你怎么了？"

明月初升山间，月色如一瓢清浅的水，山林重重，树木幽幽，莫行南的脸上，又是焦急，又是关切，又是疼惜，又是担忧。

这世上只有他会这么看着她。

阿南一个字也说不出来，只是鼻子发酸，眼眶发热，扑进他怀里，抱住他。

"你……你别哭啊……"莫行南感到有温热的液体渗进自己的衣襟，顿时方寸大乱，"有什么事，你快说——"

"行南，你很想扫平尽堂吧？"

这会儿怎么说这个？莫行南有点儿意外，但还是点点头："是啊。"

小剧场·糖桂花

"你很想保护央神医吧?"

"自然啊。"

"那……我没事。"阿南抬起头,眼里还有泪花,脸上却已经有了笑容,"我只是有点儿饿了。"

"真的?"莫行南狐疑地看着她。

"真的。"

"不骗我?"

"不骗你。"

阿南才说完,头上就挨了一记暴栗,莫行南吼道:"你想吓死我啊!"

四

阿南确实是饿了,在客栈里吃了一大碗面。

莫行南回想起她当初吃面只挑两筷子的情景,点头道:"阿南,你最近的饭量有长进了。"

他有点儿感慨,也有点儿欢喜。这感慨和欢喜,就和农夫看着自家的庄稼越来越好是同一种。

吃完面,阿南才说起央落雪的话,莫行南听完挠挠头:"看来这位神医性子越发古怪了。"

"不是的,行南,没有人真的不怕死……我想,央神医恐怕是有什么心事,跟这心事比起来,死就不算什么了。"

他们都是死过的,对这点很清楚。

两人在灯下看着对方,都在对方脸上看出了和自己一样的想法:绝对不能让央神医有事。

顿了顿,阿南道:"行南,你不觉得奇怪吗?以往尽堂神出鬼没,往往一剑绝杀之后才惊动江湖。这回还没动手,消息好像就传遍了。"

莫行南也很纳闷,扬风寨弟子遍及天下,消息最是灵通,现在看起来,比扬风寨更早收到消息的大有人在。

这让他很是想不通。

阿南忽然道:"这家客栈几乎都住满了,方才叫的这碗面,也等了很久才来,都已经半夜了,店堂里还有人在吃饭,看样子,好像都是江湖中人……"

这是山下离少林寺最近的小镇,他们白天经过时,就觉得小镇异常热闹,熙熙攘攘,人挨着人,不亚于城中闹市。

当时他们想,嵩山乃五岳之一,少林寺又是千古名刹,外加新近央落雪来了,并且广开方便之门,对病人是来者不拒,所以看风景的、学武的、拜佛的、看病的……络绎不绝,人满为患,也不足为奇。

"都是江湖中人?"这点莫行南倒没留意。

阿南抬头看他,眸子里全是温柔,全是心疼。

行南啊……

如果换作以前,这些江湖人见到莫行南,不管认不认识,都会上来招呼结交,莫行南就算想不留意都不可能。

可是现在,人们都悄然背过身去,装作没看到他的样子。

因为,她和他在一起。

毕竟,他们不能不给莫行南面子喊她"妖女",也不愿真叫她一声"莫夫人"。

"不一定是别人消息比咱们早,消息流出来的时间都差不多,只不过有人离得近,所以先来报信。"阿南道,"看样子,这消息是有人故意放出来的。"

莫行南皱皱眉:"也许是某位隐世的高人无意间窥破尽堂的行藏,自己不便动手,因此警告大家?"

"不知道。"阿南摇摇头,揉揉眼睛,"现在,该睡觉了。"

吃完就睡……莫行南抱她上床。

阿南向来睡得浅,可近一段时间,几乎头挨着枕头就能睡着。也许是赶路太累了吧?莫行南想。

第二天早上,莫行南悄悄起床,出去打探了一阵,果然,镇上有不少江湖人物,都是收到消息赶过来的。受过药王谷恩惠的,都为报恩而来;没有受过药王谷恩惠的,也听过尽堂的恶名,一副侠义心肠,要为江湖除害。

回来时阿南还在睡,被子厚厚的,脸小小的,发丝披在枕上。

她的头发长了很多,前一阵子最大的兴趣就是学着绾各式各样的发髻,这些天因为赶路,都只是随手一盘就了事。

莫行南摸着枕上的头发,又软,又滑,缠在指上,像水一样,他有点儿后悔,应该把她留在扬风寨的,买一堆簪子钗子给她,再请个梳头的姑姑。

阿南迷迷糊糊醒来,就见莫行南靠在床畔,目不转睛地看着她,她把头钻进被子里:"走开,没洗脸。"

莫行南笑了:"洗脸水在架子上。"

阿南起来洗了脸,对着铜镜梳头,莫行南在后面问:"饿了吧?吃什么?"

"糯米圆子。"

"这边可不一定有糯米圆子,再说你整天吃甜的也不好,小心像百里,总牙疼……"

话没说完，外面有人接声："背后嚼舌根，不是英雄好汉啊行南。"

这声音慵懒至极，也动听至极，只要听过一遍，便永远不会忘记。

莫行南扑上去把门打开，门外，一名绯衣公子折扇半遮面，露出点漆双眸，端丽风流，难描难画。

赫然是百里无忧。

莫行南大喜过望："好小子！我一直说你只知道吃喝玩乐，游山玩水，没想到这回你也来了！你是什么时候得到的消息？"

"什么消息？"百里无忧走了进来，见了阿南，止步微微一笑，"阿南姑娘，好久不见，你看上去好像又美丽了许多。"

阿南早已习惯他的甜言蜜语，点点头，问："你一个人来的？那群美貌姬妾呢？"

"唉，我倒是想带着她们，可少林寺是出了名的不接待女客，我总不好强来。"说得一脸苦闷。

"你没收到消息？"莫行南惊讶，"你来干吗的？"

"嵩山月好，秋月尤胜，红豆新熟，少林寺厨房的红豆斋饭天下第一，我当然是来赏月兼吃饭的。"

莫行南好生失望："我还以为你转性了。"

阿南替百里无忧倒了杯茶，百里无忧接过，扇子却没放下，依旧掩着脸，像千金小姐那般秀秀气气地喝了茶。

"干吗老挡着个扇子？"莫行南说着，伸手就抓。百里无忧头一仰，瞬息之间两人已经换了好几招，两人武功在伯仲之间，莫行南既抓不着百里无忧的扇子，百里无忧也脱不了身。忽然阿南道："咦，美人！"

小剧场·糖桂花

百里无忧闻言一怔，望向门外，就在这个当口，莫行南一把扯下了扇子，正要说话，蓦地，抱着肚子大笑起来。

只见百里无忧流丽白皙的一张脸，脸颊肿起了一块，腮帮子鼓鼓的，好像偷吃了一捧榛子的小松鼠。

百里无忧夺回扇子，愤然："你们夫妻俩太坏了！"

莫行南肚子都笑疼了："我知道你为什么来了，你是来找央神医看牙的！"

五

百里无忧确实是来看牙的。而牙之所以会疼，也确实是因为甜食吃太多了。

"没办法，我新得了个厨娘，心思巧妙，手段高超，能做出千百样别人做不出来的菜色，我一不小心便吃多了。"

百里无忧淡淡地说，可连莫行南都能感觉出那份"其辞若有憾焉，其心则实喜之"的味道。

三个人坐在雅间，百里无忧也就没拿扇子挡着了。

他牙疼吃不了饭，只能一脸了无生趣地喝着粥，时不时地抿一小口。

半晌，他长叹一声："若是我家阿蛮在，就算是一锅白米粥，也能熬出销魂滋味啊！"他说着，歪头看向阿南，"阿南姑娘，你会不会熬粥？"

"不会。"莫行南从饭碗里抬起头代答，"还有，叫莫大嫂。"

百里无忧摇头："不要。"

莫行南瞪他："为什么？"要是他胆敢惦记着阿南当他姬妾那

回事,莫行南有本事把他那半边脸也变成松鼠。"

"太难听。"

"那就叫莫夫人。"

"也不要。"百里无忧看也没看他,只对着阿南幽幽一叹,"在苏州吃饭的时候,你还是我的阿南姑娘,如今在嵩山,也是一个桌上吃饭,却变成了我的嫂夫人……唉,真是人生无常,世事难料啊!"

莫行南一拍桌子:"百里,想打架吗?"

"咦,你的力气不是要留着对付尽堂吗?"

莫行南活动活动手腕:"揍完你,再揍那尽堂主人,不耽误!"

阿南从头到尾都在认认真真吃饭,两碗饭吃完,放下筷子,又喝了一碗酸笋鸡皮汤。

百里无忧看看莫行南,莫行南也看看百里无忧——敢情她全程吃得专心致志,压根儿没听。

"吃饭的时候不要说话,影响消化。"阿南道,"这是央神医说的。"

百里无忧眨眨眼:"央神医还跟你说什么了?"

"央神医还说了,吃饭是件很重要的事,不管是要说话,还是打架,最好都吃完了饭再说。并且,打架的话,最好在饭后半个时辰。"

"神医说得对。"莫行南点点头,重新拿起筷子。

百里无忧呆呆地看着他,喂,什么时候这么听话了?哎,这样就不好玩了啊。

六

饭后，百里无忧上山。

他是娑定城少主，出门排场极大，巨大的马车一直行到少林寺山门处，少林寺方丈亲自来迎，几乎出动了半座寺，莫行南和阿南正好趁机潜入少林寺。

百里无忧原本提议让两人扮作自己的随从，但阿南道："我这张脸就算化成灰，镜轮大和尚和那个法见小和尚也认得，还是不要自讨没趣了。"

光天化日的，西院是进不得了，离西院客房最近的是藏经阁。藏经阁乃少林寺重地，闲杂人等不会靠近，很是清净，莫行南和阿南在房梁上暂作君子，只听"吱呀"一声门响，几名少林弟子拎着水桶抹布等物进来打扫。

有人的地方，就会有闲言，连少林寺这种清净地也不例外。

"哎，听说了吗？有人要刺杀央神医。"

"哼，真是吃了熊心豹子胆，也不看看央神医在哪里做客！"

"就是，央神医医术了得，救了不知多少条人命，要杀神医，真是天大的罪过。"

"可不是？你们看，方丈今儿都能迎客了，往常连坐起来都难呢，可见央神医真是神医。"

"要说客人，这娑定城少主也是古怪。我从前听说啊，他出门必要带着一大群美貌姬妾，谁知这回居然是一个人来的——"

话没说完，其他弟子哄笑："了不得，法见师弟动了凡心了，想看美貌姬妾。"

"不是，不是！少林寺是佛门净地，他不带姬妾来也是正常的，也是他知礼！"法见急得脸都红了，"我是听说他家姬妾都要面罩白纱,没想到这会儿他自己就罩着白纱来了,怪不怪?"

"不怪,不怪,就是不带美貌姬妾来,有点儿太怪!"

师兄弟们嘻嘻哈哈,笑得法见恼了,一个人拎着桶到一旁抹桌子去。

这边众弟子又笑了一阵,一边打扫,一边又聊起了天,不知怎的,说到莫行南头上,一人道:"昨天莫行南来,你们谁看见了?"

"我见到了,我见到了,莫少侠高大英武,背上一把大刀,很是英武!"

房梁上,莫行南满意地点点头。

"那妖女呢?你见着了吗?"

莫行南听见"妖女"两个字就皱眉头。

"不曾。"

众人一阵失望:"能让莫少侠心甘情愿上当,那妖女想必是极美的。"

莫行南看着阿南,轻轻在她颊上亲了一下。

这轻轻一动,脚下一缕轻尘滑落,还好底下的人没有察觉。

"毒如蛇蝎,不由分说就杀人,再美又有什么用?"说话的是已经擦到另一头去的法见。

书架挡住了他的脸,看不清他脸上的神情,但他的声音满是愤恨,一边擦,一边道:"还有那莫行南,也休要再提!枉他号称江湖第一少侠,没想到是这样一个好色之徒,甘做那妖女的帮凶!可耻,可恨!"

众弟子都沉默了。旁人骂阿南妖女,大多是道听途说,只有少林寺骂阿南,骂得咬牙切齿。

一人道:"莫行南也够惨了,以前他在江湖上多威风,你看现在还有谁愿睬他?他自己是非不分,自毁前程,唉,也是报应。"

弟子们杂七杂八,扫了个藏经阁,江湖事迹便议论了个遍,等他们走了,藏经阁里才安静下来。

莫行南低头看着身边的人,她静悄悄地依偎在他身上,没有一点儿动静。

"阿南,别听他们瞎说。"

阿南轻轻笑了:"是啊,我才不要听。"顿了顿,道,"你是几岁来这里的?"

"十岁。进问武院第一年,都要到少林寺练拳脚。"

"十岁……"阿南幽幽地笑了,"好小。"

"嗯,书呆子也是十岁,他比我惨,他只喜欢摆弄阵法,并不喜欢练拳,可进问武院呢,不管身刃还是无身刃,第一年少林寺练拳脚,第二年武当山学心法,是逃也逃不掉的。"

那真是一段开心的时光。从前打架打得再好,回家都只有挨骂,在这里打架打得好,得到的却是夸奖。

弟子们当中,最小的只有七八岁,最大的却有十七八岁了,小的跟小的在一处厮混,不外乎打打架偷偷馒头捉捉蟋蟀,大一些的却时常盘算着下山,去镇上烧饼西施那儿排队买烧饼。

"其实那烧饼一点儿也不好吃,还不如大师傅的手艺好,不知怎的,那帮师兄就是愿意起早贪黑去排队。"

这实在是千古谜案,莫行南十来岁的时候没弄明白,现在二十来岁了,还是没弄明白。

阿南听得笑了。她笑起来眼睛弯弯,肌肤白白,腮上还有淡淡的红晕。

莫行南看着她半晌，刹那间灵光劈进脑海——要是那烧饼西施长得像阿南，他也愿意天天排队去买她的烧饼。

"看什么？"

他的目光那样专注，那样温柔，阿南脸上微微发烧，身子却轻轻一动，被莫行南抱住。

阿南没有动，静静地靠在他怀里。

他的怀抱温暖、宽阔、安全，是全世界最幸福的所在。

藏经阁安静极了，天地也安静极了，两个人有同一种感觉——圆圆满满，踏踏实实，稳稳当当。

暮色降临，风从窗缝里吹进来。

"冷吗？"莫行南轻声问。

"不冷。"阿南把脸贴在他身上，他就是她的暖炉。

"山上比山下冷，夜里更冷，明天送你下山吧，你在山下等我。"

"不，我要和你在一起。"

"你晚上下山，白天又可以来陪我，反正你来无影去无踪，谁也发现不了你。"

"我不要。"阿南仰头看着他，"行南，你数过没有？假如我们活到八十岁，那么还剩六十来年可活，算下来只有两万来天。过一天，便少一天。行南，我不要和你分开，一天也不要，一个时辰也不要。"

夜色深沉，藏经阁里一片黑暗，莫行南只看到她的两只眼睛里仿佛有一片水光，这水光漫无边际，全是温柔，他心里一阵温暖，暖到极处，竟隐隐有些酸楚。

他低下头。

月亮爬上山顶，月光原本已经探进了窗子，忽然害羞地躲进云层里。

七

可有些时候，还是不得不分开。

比如，肚子饿了的时候。

以莫行南和阿南的本事，想要神不知鬼不觉地从少林寺厨房顺点儿馒头小菜易如反掌。

但问题是，少林寺厨房不做糯米圆子。

而阿南想要吃糯米圆子的时候，天上下刀子也要吃。

于是阿南独自下山去了。

莫行南看着她飘然如飞鸟的背影，忍不住开始思考一个问题：如果糯米圆子和他之间只能二选一，阿南会选哪个？

当然会是他，一定会是他！莫行南给自己打气。

阿南这一去，许久才回，还带回一个包袱，打开来，里面是一套粗布短打，一把斧头。她笑嘻嘻地问："行南，想不想当樵夫？"

莫行南觉得自己可能是在房梁上待久了，血流不畅，脑筋也有点儿迟钝，不知道为什么要当樵夫。

"我下山的时候，碰到一个樵夫闪了腰，他专给少林寺砍柴的，叫大牛。"

莫行南明白了："阿南，人家受了伤，你还拿人家东西，还……还剥人家衣服？这个要不得！他是个男的！"不对，这不是重点，不，这虽然也是重点，但更重要的是，"你忘了吗？我们早就说过，偷是不对的，抢也是不对的……"

一根细细的手指点在他的嘴唇上，阿南道："莫大侠，你放心，我既没有偷，也没有抢，更没有剥人家衣服。这些东西是我拿五两银子换来的，我还把他送到山下家里，还给了他二十两银子，让他记得他有一个远房堂兄叫大力，会在少林寺帮他替工。"

莫行南松了一口气，且感到欣慰："好，好，我的阿南会救人了，还会帮人家了，嗯，嗯，这很好，很好。但这斧子是人家吃饭的家伙，你把它拿走了，以后他拿什么砍柴？再说现在是紧要关头，我哪有空当什么樵夫啊——"

"莫行南，"阿南瞪起眼睛，"你听着，你现在就叫大力，你可以去帮厨房砍柴，这样就不用窝在藏经阁了。"

被阿南一瞪，莫行南顿时感觉思路清晰了很多，"哎？原来如此，这真是个好主意！"但跟着又想到，"可我当了大力，你怎么办？你一个姑娘家，很难留在寺里的……"

阿南没说话，不紧不慢地从包袱里掏出一套蓝色布衣，膝盖处还打着补丁，正是山下小男孩们常穿的款式。

莫行南脸上露出了大大的笑容，他的阿南最聪明了："对，你可以扮成我小弟！"

两个人换上衣服。莫行南把头发弄乱，再往脸上抹点儿黑灰，已经有七八分穷困潦倒的模样，过两天胡子长出来，大概就可以像到十分。

阿南却难办，衣服破烂是破烂，可露在衣服外的脸蛋和手腕无一不是白生生的，肌肤如玉，莫行南不但不觉得她像男孩子，反而觉得这么一穿别具风情。

"阿南，"他严肃地举起了沾满黑灰的手，"你要多涂一点儿。"

阿南最爱漂亮，看见那只手就想退避三舍："我不要……"
"不要也得要！"
"救命！"阿南逃开了。

藏经阁里书架林立，像是书本组成的森林，无边无际，大得没谱。笑声和说话声都极力压抑，心头那种轻盈的、跳跃的、活蹦乱跳仿佛小鲤鱼般的快乐，却没有办法压抑，两个人的身影都轻快得仿佛能飞起来。

八

莫行南带着阿南，用一大捆柴敲开了少林寺厨房的门。

厨房的大师傅肚子比当年还要雄伟，正在为缺了柴火大发脾气，莫行南的到来大受欢迎，大师傅见了阿南，十分喜爱，举起袖子，三下两下把阿南脸上的黑灰擦得干干净净，大喜："这孩子生得真是好！大力兄弟你可真有福气！"

莫行南脚下一个趔趄，阿南脆生生地道："不，是我有福气，有这样的好爹。"

莫行南真的要摔倒了。

大师傅闻言更是喜欢，在围兜里摸啊摸，摸出一把栗子给她，又听说两人无依无靠，就让两人在后院住下。

阿南把栗子给莫行南："爹！糖栗子，你吃一颗！"

莫行南的脸快要僵成一块石头了，在大师傅赞许的目光下接过栗子，僵硬地摸了摸阿南的头："乖。"

"要是娘在就好了，娘最喜欢糖栗子呢。"阿南说着，泫然欲泣，"可惜，娘再也吃不上了。爹，你什么时候给我找个新娘亲？"

莫行南暗地里把牙磨得"咯咯"响,直瞪着她,好容易等大师傅走了,莫行南把房门一关,把脸一板,沉声道:"好玩吗?"

"好玩啊,"阿南腻在他跟前,娇滴滴的,"好久没这么玩儿了。"

那语气充满怀念,莫行南又是好气,又是好笑:"不是说好扮兄弟的吗?"

阿南扮了个鬼脸:"谁跟你说好了?"

是,她是没说"好",可也没说"不好"啊!

"行南,"阿南的口气忽然认真起来,看着他的眼睛,"听人喊爹,你什么感觉?"

莫行南牙痒痒,一把把她按在膝上,不轻不重地在她身上打了一下:"想揍人的感觉!"

"行南!"阿南叫。

"哼,叫行北都没用了,告诉你,下次还玩这个,你玩一次,我打一次!反正当爹的教训自己的孩子,天经地义!"

"你看你明明也玩得起劲!"

"还顶嘴?"

他手上自然不会用力,阿南还是叫得很大声:"救命!救命啊!打死人啦,打死人啦!"

他们正闹着,门外却有人当了真,大师傅匆匆赶来,见状一脸怒气,把阿南拉了过来,蒲扇大的手护着阿南的头:"大力啊,这是多好的孩子啊,又聪明,又乖巧,还孝顺,你也下得去手?"低下头,大师傅的嗓门立刻轻柔了三分:"好孩子,咱们走,晚上跟我睡去,咱们不理他!"

阿南呆了,脑门挂好大一滴汗。

莫行南哭笑不得，同时很想请教一下，大师傅，还记得当初那个只因为偷了个馒头就被您抄着锅铲满院子打的孩子吗？

怎么同样是孩子，差距就这么大呢？

九

没过两天，少林寺排行第二的贵客、娑定城少主来到厨房，笑道："我在娑定城早就听闻，少林寺掌勺大师傅的厨艺和央落雪的医术、靳初楼的剑法并称'三绝'，这次来到贵宝寺，若不能尝尝大师傅的红豆饭，在下可真是要遗憾终生！"

央落雪妙手回春，百里少主恢复了倾国倾城之貌，风吹起他的发丝衣摆，他的眉眼自带玉光，即使是春风拂面也比不上这一笑的柔和。

莫行南看着大师傅晕淘淘异常殷勤地备饭去了，将信将疑："大师傅的厨艺当真这么有名？"

阿南笑了："我看能和央神医的医术、靳大寨主的剑法并称'三绝'的，唯有百里少主的迷魂大法。"

"岂敢，岂敢？"百里无忧笑道，"若真有'三绝'，理应是嫂夫人的轻功才是。"

边上放着一条长板凳，长凳上放着一壶茶，那是给莫行南劈柴累了时喝的。百里无忧就在长凳上坐下，看着地上整齐划一、大小一致的木柴，点点头道："用一气化数心法来劈柴，是不是有些浪费？"

莫行南嘿嘿笑："马马虎虎。"

"我听说前两天尽堂已经派人来踩盘子了，可是真的？"

莫行南和阿南互相看了一眼，莫行南抓抓头："那个不算数，那是我。"

百里无忧若有所思:"也就是说,尽堂其实没有动静……"

"我只知道尽堂要人命,不将人头割到手,不会放心。"

"上次书呆子不是没事?"

楚疏言上次被尽堂追杀,几度死里逃生,最后居然安然无恙,实在是武林一大不解之谜,莫行南也答不上来。

"最好别来,尽堂来了,我就没办法赏月了。"百里无忧看了看天色,"初八了啊,再过几天,月亮就要圆了……"

话没说完,莫行南斧头一挥,百里无忧整个人平平地折下去,才避过这一斧,直起腰来,面色微愠:"莫行南,老这么玩,会出人命的!"

"你也知道人命,是人命重要还是月亮重要?"

"当然是——月亮啊!"百里无忧悠然道,"'人生代代无穷已,江月年年只相似',人生何其短暂,而明月永恒,你说哪个更重要?"

莫行南一滞,论歪理没人说得过百里无忧。

百里无忧重新坐正,端起茶喝了一口,竟叹了口气:"其实,央落雪能来这里,还住得如此乖巧,不挑不拣,我险些不敢相信自己的眼睛。想当初,我姐姐不知费了多少周折才请他到娑定城……这人不知出了什么事,头发也白了,性子也像是变了……真是,人生无常,世事难料啊……"

莫行南和阿南都是一呆,他们第一次见央落雪,央落雪便是一头白发,他们还以为这是天生的异相,原来,头发是后来才白的?

是什么样的事情,让一个年纪轻轻、眼高于顶的神医,一夜白头呢?

十

大师傅听说阿南想吃糯米圆子,殷勤地给她捣鼓出一碗,但阿南吃着觉得不对,因为少了糖桂花。

大师傅纵横灶台数十年,却不曾做过糖桂花,好在这个季节正值桂花盛开,大师傅指着后山说那儿就有桂花树,让阿南去摘些来。

阿南挎着一只竹篮便往后山去,刚爬上山峰,忽然给人拦住了去路,那人光头缁衣,竟是法见。

阿南吃了一惊,后退一步。法见的面色却颇为平和,问道:"你是什么人?来这里做什么?"

他没有认出她。阿南松了一口气:"我在厨房打杂,大师傅差我来摘些桂花给娑定城那位贵客做点心。"

百里无忧吃食之挑剔,整个少林寺有目共睹,法见点点头:"晚些时候再来吧。央神医在上面,不可打扰。"

阿南抬眼望去,时值黄昏,最大的一棵桂花树后,露出一角蓝袍,以及一缕白发。

阿南只好回来,莫行南见她竹篮空空,正要问她,阿南却忽然变了脸色:"糟了!"

"怎么了?"

"法见居然认不出我!"

莫行南讶然:"你碰到法见了?"他们两个窝在后院厨房,入夜之后才悄然走动,就是怕碰见熟人。

阿南来不及回答,抽身便走:"央神医有危险!"

法见恨她入骨,别说她眼下就换了身衣裳,就算化成灰,他只怕也认得。

唯一的可能就是，这个"法见"，是假的！

两人从另一侧上山，太阳还未全落，整座山峰都陷在落日的光芒里，辉煌如同梦境，央落雪背靠大树，席地而坐，手里提着一坛酒，身边已经有两三只空酒坛了。

桂花的香味中，夹着浓烈的酒香。酒是好酒，人也好端端的，并没有身首异处。法见在另一端远远地侍奉，显然是奉命不曾走近，只为央落雪挡住闲杂人等。

"也许法见师弟只是眼神不好吧，你眼下打扮成男孩子，他最多觉得眼熟，绝想不到你身上来。"莫行南说着，肚子里的酒虫蠢蠢欲动，吞了口口水，"寺里不能喝酒，所以央神医才到这里来喝……啧啧，真是好酒，神医的酒量原来也不差，改天一定要跟他好好喝上一杯……"

央落雪忽然伸出手，手上的酒坛子晃晃悠悠，仿佛要邀谁共饮。

"你看，你看，从这里望过去，像不像虚余寺的模样？"

口齿有些含糊，他大约有点儿醉了。

从那里望下去，想必是屋宇连绵，晚钟与经唱缭绕，还有阵阵回巢的倦鸟……也许天下间的寺庙都是这般模样，不知道那座虚余寺又有什么不同。

阿南这样想着，回头问莫行南："虚余寺是什么地方？"

莫行南先是摇头："我没听过，大约不是什么厉害门派。"顿了顿，忽然想起来，"啊，我听过，听说那里离娑定城不远，百里无双有时候会带着剑去做法事，听说那里的桃花很好。有一年，我原本打算去那儿等她，结果事情太多浑忘了，就一直没去。"

"百里无双？你等她？"阿南的眼神立刻不对了。

小剧场·糖桂花

"百里无双就是百里的姐姐,练有无形剑气,前无古人后无来者,我一直想找她较量一番。"

莫行南丝毫感觉不到阿南眼中的杀气,一脸兴奋地说:"等以后有空,我一定要去会会她!"

原来是这种"等她"……

阿南想了想,又道:"百里无忧生得那样,他姐姐一定是了不得的大美人。"

"好不好看有什么要紧?重点是剑气啊,剑气啊!"莫行南的眼睛在发光。

"……"阿南默默地放弃了,望向树下的央落雪。

他说,你看,这个"你",是谁呢?

夕阳沉了下去,暮色掩去晚霞,天地寂静,岚气缥缈,法见轻声道:"神医,天要黑了,下山吧。"

这声音仿佛打破了梦境,央落雪僵了一下才回头,然后慢慢地起身,下山去。

天空是一种水墨般的蓝色,他的背影真是寂寥,寂寥到,深深镶嵌在这天地中,牢不可破。

十一

趁着最后一缕暮色,莫行南同阿南摘了好大一捧桂花,用衣襟兜着下山去。

阿南深一脚浅一脚地走着,莫行南总担心她会摔跤,道:"到我背上来。"

阿南回头一笑,毫不客气地爬了上去,搂住他的脖子。

浅浅的弯月升起来,照着两个人,星辰明亮,仿佛会滴下来。

"一定是个女人。"

阿南轻声道。

"什么？"莫行南最听不懂这种没头没尾的话。

"能让央神医这样落寞的，一定是个女人啦。"阿南说着，遥想，"她喜欢他，他也喜欢她，只是他性子冷，她便不知道他喜欢她，还以为他不喜欢她，越想越伤心，越想越难过，因爱生恨，所以请了尽堂来杀他……一定是这样！"

莫行南感觉她在说绕口令。

"我们一定要帮帮他们两个！"

阿南信誓旦旦。

莫行南一头雾水："帮什么？哪两个？"

阿南把脑袋搁在他肩膀，桂花香气从他的衣服里透出来，两个人周身都香透了，像一个小小的充满花香的结界。她伸出手，在他头上弹了一下："我的行南是笨蛋，说了也不懂。"

到了厨房，莫行南把人和花都交给大师傅，大师傅一脸的心疼："这孩子，天都黑了，还摘什么花啊？快歇歇，喝口热茶暖暖身子。山上风大吧？可冷吧？山路不好走吧？"然后对莫行南挥挥手，"走走走，快劈你的柴去！半晌不见人，柴都快没了！"

莫行南走到门口，回头看热茶已经递到了阿南手里，暖暖的热气包围着她，灶火和灯光照得她脸红红的。

她对着大师傅一笑，细碎的额发上飞着一层金光，像下凡的仙子那样好看。

真好啊。

莫行南走到院子里，拎起斧头劈柴。

真好。

眼眶莫名有些发涨，有热热烫烫的东西滴到了手上。他讶然地看着这些滚热的水滴，不知道自己这是怎么了。

只觉得好，真好。

这样的阿南，受着别人的喜欢与照顾的阿南，也愿意让别人喜欢和照顾的阿南，坐在灶火前微笑着喝一杯热茶的阿南……让他觉得，真好啊。

身上再没有尖利的刺，这世界与她都变得柔柔软软。

不多时，阿南捧着一只大碗过来。

碗里浮浮沉沉，是雪白饱满的糯米圆子，间着金黄莹亮的桂花。莫行南尝了一口，那清甜柔软的感觉仿佛不是吃在嘴里，而是直接化在了心里。

"你做的？"

阿南一脸意外："你怎么知道？"

"因为你脸上、头上、身上，都是粉印子。"

不旦沾上了糯米粉，还有桂花香，整个人清甜清甜的，变成了糯米圆子味。

"好不好吃？"阿南一脸期盼，眼睛里一片水光，亮得仿佛天上的星辰。

莫行南端着碗，想抱抱她，却又觉得，连"抱"这种动作，都无法做到。

一颗心怎么可能这么软呢？软得，禁不起任何碰触。

"行南，不好吃吗？"

"好吃。"

"那你全吃完。"阿南的声音，温柔又霸道。

莫行南大口大口吃完了，很甜，很香，很软……这世上怎么会有这么好吃的东西呢?

作为一个厨子,最大的欢乐莫过于看到空碗,阿南拿着碗,欢呼一声,转身去洗。

"阿南。"

莫行南唤住她。

她回头,厨房门口一片明亮温暖的灯光,她就站在那光亮里,轻盈,俏丽,美好。

"等回了扬风寨,每天给我做,好不好?"

阿南笑了:"是谁说吃多了甜食牙疼的?"

莫行南微笑了,牙疼又何妨呢?

"牙疼了我们就去找央神医。"

十二

消息越传越广,来少林寺上香礼佛的江湖人越来越多,并且来了就不想下山,把厢房都挤满了。

知客僧委婉地表示少林寺无法同时招待这么多客人,大家则爽朗地表示江湖中人不拘小节,没有厢房,在院子里打地铺也使得,特别是央落雪房外的院子,格外抢手。

于是,西院里乌泱泱都是人头,前来求医的病人要穿过刀剑组成的海洋,才能走到神医面前,个别胆小的病人直接晕了过去,没病的也吓出三分病来。

央神医扶起一个在门口晕过去的病人,冷冷地扔下一句话:"从今天起,还待在这里的,这辈子都不要再踏进药王谷一步!"

大约半盏茶时间,院子里的江湖客走得干干净净,只剩原本留下保护央落雪的罗汉堂高手。

毕竟都是刀口舔血的人，得罪谁也不敢得罪药王谷，但谁也不放过这个可以卖人情给央落雪又可以扬名立万的好机会，没有一个人离开少林寺，于是其他的院落开始人满为患，包括莫行南所住的后院。

众人或隐身在房梁上，或躲在谷仓里，个个藏身有术。莫行南早上劈柴，总能在柴堆里发现个把手持刀刃的高手，天天都有新面孔，一般的都很客气，拱拱手："打扰了，在下要为天下保护央神医，为江湖除去尽堂，暂借贵宝地一用。"

睡到半夜，听到刀刃相交之声，莫行南当即翻身坐起，抽出刀便冲了出去。

月光下，只见一个崆峒派，一个三花门，正你来我往，刀剑相交，压低了声音："说好了一人一天，哪有连占两天的道理？"另一个道："哼，我今天就没有离开过一步，这地方是我的！"

莫行南大怒，走过去一人一刀，两个人还来不及回头，便被刀背拍晕在地。

本事这样稀松，竟然还敢来凑热闹。莫行南简直要被气笑了，直接拎起两人丢出墙去。

夜色深沉，偌大的少林寺一片寂静，寂静中又有隐约的细碎声响，像虫鸣。

就在这个时候，西院有了动静。

火把的光亮洞穿了黑暗，无数人影从墙头、树上、屋檐下冒出来，向着西院掠去。

莫行南比所有人都快，如果说蜂拥的人群像是飞过天空的鸟儿，毫无疑问他就是最快的那只雄鹰。

他越过所有人，落在藏经阁的屋顶上，只见西院火把林立，耀如白昼，镜轮禅师同罗汉堂众高手围着百里无忧，百里无忧站在央落雪门前，轻袍缓带，显然才从床上爬起来，有几分睡眼惺忪，手里捏着一张纸。

上好的宣纸，笔走龙蛇，翰墨淋漓。

"三日内，取君头颅，望君珍重。"

十三

"大概是红豆饭吃多了，我的牙又有点儿疼，实在睡不着，所以就去找央落雪。结果还没叩门，就看到了那张纸。"

百里无忧眼睛底下两片明显的青黑，靠在椅子上没精打采。这也难怪，这几句话他一整晚不知说了多少遍，因为不停有人来问他，而他作为第一发现人，又不能不答。

轮到莫行南的时候，已经是早上，百里无忧有气无力地喝着红豆粥："看来尽堂真的要来了。"

少林寺做的第一件事，是封闭山门，三日之内，谢绝一切香客。

第二件事，就是赶人。

所有江湖人都被请出少林寺。清扫工作一直在持续，不管侠客们躲在哪个犄角旮旯，一旦发现，一律驱逐。

众目睽睽，守卫重重，尽堂还能神不知鬼不觉地把战书下到央落雪门口，这简直匪夷所思，对少林寺来说，更是奇耻大辱。

镜轮禅师思来想去，觉得唯一的可能是：尽堂的人早就潜入了寺内，就混在这群江湖人当中。

阿南睡到日上三竿，对这起风波全然不知。桌上是红豆包、红豆粥配红豆浆，因为百里少主喜欢红豆，所以大师傅做出了此等绝妙的搭配。她拿了个红豆包啃起来。包子皮薄馅大,红豆半颗粒半豆沙,甜蜜软烂得恰到好处。

莫行南激动得在屋子里连翻了七八个跟斗:"总算来了!我还以为他们不敢来了!"

幸好是在屋子里,谁也没看见,不然单凭这快到几近幻影的跟斗,他就很有可能被划进清除之列。

至于百里少主为什么肯和一对砍柴的父子在一个屋子里吃早饭,大师傅最理解了。

"我们家小小力真是人见人爱啊!"大师傅欣慰地如是道。

"你们不觉得奇怪吗?"阿南啃完一个包子,又拿起一个,"尽堂杀人,不择手段,什么时候学会光明正大下战书了?再说,有本事悄无声息地把战书下到央神医门口,为什么不一鼓作气把央神医干掉呢?"

百里无忧抚额:"嫂夫人,您用如此天真可爱的语气说着如此血腥的话,不觉得有点儿不妥吗?"

"有道理!"莫行南一拍桌子,碗筷被震得叮当响,"尽堂一定有阴谋!"

百里无忧头有点儿疼,他开始觉得,和这两个人一起吃早饭,可能是个错误。

问题是,除了要央落雪的命,尽堂还有什么阴谋呢?

"百里公子,你知不知道央落雪有没有什么桃花债?"

百里无忧一愣:"什么?"

"他有没有喜欢的人?有没有人喜欢他?江湖上有没有什么关于他的桃色传说?"

百里无忧笑了:"这个,我真不知道。"

"我总觉得这次尽堂有点儿虚张声势,也许这事另有隐情……"

百里无忧看她一眼:"你为什么会这样想?"

"不知道。"阿南开始喝粥,抬起头,认真道,"我想,这可能就是女人的直觉。"

百里无忧无话可说,他起身离开,走到门口的时候,向莫行南道:"尽堂要来,免不了腥风血雨,这月是没法儿赏了。少林寺高手如云,戒备森严,想来央落雪也不会有什么事,我先走一步,改日再去扬风寨找你。"

说着,偷偷瞄一眼桌边的阿南,压低一点儿声音,笑道:"还有,我发现,嫂夫人的胃口,近来真是越来越好啊……"

莫行南回过头,看着拿起第三个红豆包的阿南,笑了。

笑得像一个朴实的老农般憨厚而喜悦。

他的阿南,拿着豆包的手指依然纤细,但手背已经多了几个小小的窝儿。

看样子她很喜欢大师傅的手艺啊。

能不能想个办法,把大师傅拐去扬风寨呢?

在大敌即将到来之际,莫行南开始认真地思考起这个问题。

十四

阿南吃完了早饭,肚子饱饱的,开始出神,忽然问道:"行南,你以前说过,你从来没有见过我这么好的轻功,对不对?"

莫行南笑道:"不单以前,现在也是,只怕往后都是。"

"可是,就算是我,也不可能神不知鬼不觉地留下那封战书。"阿南沉吟,"尽堂中,以尽堂主人武功最高,可即使是尽堂主人,也没有这份轻功。"她说着,心中一动,"谁也没见着人,只见着一封信,信在百里无忧手里……"

莫行南讶然地睁大了眼睛:"阿南,你怀疑百里?"他说着自己都笑了,"就算天下人都有可能是尽堂主人,也不可能是百里,他是这世上最逍遥最快活的人!"

阿南看着他,他的眸子永远明亮、漆黑、坦荡,他有这世上最豪爽的肝胆,有这世上最磊落的心。

她知道,他绝对不会怀疑自己的朋友。

"我可没这么说。"阿南微微一笑,"我只是在想,怎样的本事能做到这一点……也许,那人会隐身术。"

"隐身术?"莫行南若有所思。

法术都是人们想象出来的,而武功有时候往往就能超出人们的想象。也许,世上真有这样一门神奇的武功可以帮人隐身呢?

阿南一看他眼睛发直,就知道他想偏了。

她说的隐身术,是指,将一种身份,隐藏在另一种身份里……

十五

那封信到底是怎样放到央落雪门口的?

这个问题,困扰着少林寺里的每一个人。

只有央落雪例外。

这一日,央落雪为方丈做完针灸,将银针一根一根在火上烧过,用细棉布拭净,再收入针囊。

他做这些的时候眉目宁定,不动如山。

方丈轻轻叹了口气。

"这是最后一次针灸,大师身上的残毒已经被清理干净,接下来只要服食汤药就好,若是入冬前不再发作,便算痊愈了。"央落雪将针囊上的系带束好,道,"此间事已毕,我该告辞了。"

"央神医莫非以为老衲在为尽堂叹息?"方丈缓缓道,"老衲在为自己叹息。老衲五岁进寺,数十载修行,却依然参不透生死,反观神医年纪轻轻,便已看破生死关,老衲自愧不如,故而叹息。"

"在生死关前徘徊得久了,自然就会明白,不管参得透参不透,该死的时候,都要死。"央落雪淡淡道,"我原本答应镜轮禅师留下来,但尽堂的手段如此高超,少林寺又是佛门净地,我不愿见到血染佛堂。"

"尽堂为祸武林,少林若能为天下除此大祸根,也是一桩功德,还望央神医成全。"方丈说着,微微一笑,"再者,老衲修为不精,还要顾着少林寺的俗名——天下人都知道尽堂要找央神医的麻烦,少林寺却让央神医在这时离开少林寺,那岂不是要成为全天下的笑柄吗?"

"……天下人都知道?"央落雪怔了一下。

天下人都知道……那,她知道吗?

她知道自己已经被尽堂杀手盯上,命在旦夕吗?

少年神医脸上的神情几经变幻,终于轻轻点了点头:"好,我留下。"

"神医请放心,少林寺绝不会让尽堂伤到神医分毫。"方丈说着,唤出一名俗家弟子,"老衲这名弟子身量相貌与神医有两三分相似,这两天就委屈神医住在老衲的禅室,让他代替神医住到西院……"

"不必了。"央落雪站起来,"如果我死在尽堂手下,那也是我命该如此。"

他收了针囊，缓步离去，白衣蓝袍，长发如雪。

"唉，小小年纪，何以能够如此？"方丈望着他的背影，又是感慨，又是赞叹。

十六

一天，两天，三天。

尽堂留书第三天。

这三天里，哪怕是最顽劣最不懂事的小沙弥，也不敢大出一口气。

笼罩在寺中的空气凝重如铁。

没有哪一天过得比它更慢，太阳和月亮从来没有被这样关注过，所有的眼睛望着太阳一点点西斜，又看着月亮一点点升起。

酉时……戌时……亥时……子时……

子时了，夜最深沉的时刻，也是月亮最明亮的时刻。

月光像一只轻白的茧，裹着少林寺。

几条人影无声无息地掠上屋宇。

人们都听说过尽堂，却只有极少数人见过尽堂。在人们的想象中，尽堂中人个个阴森可怖，会伴着尖啸或狂笑出场，如同凶神恶煞。

然而不是。他们像一抹抹飘忽的影子，悄无声息地出现，悄无声息地逼近。

当人们发现他们时，外围已经有七八个弟子倒下了。

"尽堂！"

镜轮禅师一声大吼，声震屋宇。

少林弟子变阵，罗汉堂武僧出手，瞬息之间，兵刃相交之声大作。

莫行南伏在藏经阁的房檐下，身体与阴影融为一体，右手紧紧地握着刀柄。

背月关刀已经出鞘，可是还不到出手的时候。

阿南告诉他，尽堂出手，分明杀与暗杀，在明处出现的杀手只为抢占注意力，真正的杀招是布置在不起眼处的暗桩。

他的眼神如鹰隼般锐利明亮，场中每一个细微的变化都纳入眼底——少林寺折损了十几名弟子，罗汉堂的高手也有人挂彩，尽堂杀手也没有讨到太大好处，原本分散突入人群的五名杀手，渐渐被逼到包围圈中。

镜轮禅师手握禅杖，紧守在厢房门口。

"师父！"

法见不知发现了什么，一脸焦急地向镜轮禅师奔去，宽大的僧袍迎风鼓荡，袖子里有寒光在月下一闪，法见跑得太急了，刹不住脚，直接撞上镜轮禅师。

"叮"，尖锐的轻响。

镜轮禅师低下头，法见抬起头，眼中都是不敢置信。

法见手中是一把锋利的匕首，镜轮禅师毫无防备，理应被刺个对穿，可是，一把厚重的大刀挡住了匕首，刀握在一人手里，那人身形高大，穿一身破旧粗布短打，头发乱糟糟，胡子拉碴，可月光下，没有任何东西能挡住那样一双年轻而明亮的眼睛！

"莫行南！"

镜轮禅师失声叫出了他的名字。

莫行南露齿一笑，刀背一震，法见手里的匕首断成两截，法见见机果断抽手,虎口才没有被这一刀的余劲所伤,他的手法极快,仿佛变戏法一般,射出一大把飞针。

莫行南舞起一团刀光,瞬间把飞针击飞。法见又抽出一把软剑,迎上背月关刀。但背月关刀是能够上马杀敌的重兵器,莫行南内力又浑厚,法见的软剑左支右绌,被莫行南的刀逼得喘不过气来,眼看莫行南一刀斩下,刀上劲气震得明月都恍惚了三分,法见就地一滚,袖中飞出一根长鞭,缚住了一名少林弟子,将他扯着迎上莫行南的刀。

"啊!"

镜轮禅师忍不住失声惊呼,这一刀太快,这一扯也太快,根本没有变招的余地,也没有闪避的余地。

法见阴阴一笑,手在地上一借力,身子掠起,足上却一紧,他用来缚人的那根长鞭,像蛇一样倒卷过来,缚住了他的脚。

莫行南的刀没有劈下来。刀生生停在半空,所有劲力反噬,莫行南被震出了一口鲜血。

他左手扶过那少林弟子,抽起长鞭,一面吐血,一面一气呵成将法见缚住,吐气开声:"给我下来!"

法见重重地摔在坚硬的地砖上,嘴角溢出一丝鲜血。

莫行南封住他的穴道,将他扔到镜轮禅师面前,这才一抱拳:"晚辈见过大师。"

镜轮禅师怔忡半晌,合十:"多谢莫少侠出手相救。"

莫行南反而有点儿不好意思,抓抓头:"不敢当。那个,大师不要怪我就好了。"

镜轮禅师摇头,看着地上的法见,痛心疾首:"法见!你为何如此?"

莫行南道："大师莫气，他是假的。"说着，弯腰撕下一副人皮面具，"法见"的脸顿时变了个模样，镜轮禅师怒道："你们把法见怎么了？"

"法见"微微动了动唇，莫行南一把捏住他的下巴，不让他服毒自尽，正要起身，眼前宛如一阵清风拂过，阿南落在他的面前。

"阿南，你怎么来了？"莫行南意外，不是说身子不太舒服想在屋子里歇歇吗？

阿南没有说话，对他微微一笑，提起地上的尽堂杀手，转身掠上房顶，几个起落间，消失在莫行南的视线里。

莫行南呆呆地站着，呆呆地看着，完全没有反应过来。

"啵"的一声响，其余的尽堂杀手扔出一枚圆溜溜的物什，在地上爆出一股浓浓的白烟，气味呛人，熏得人睁不开眼睛。

待浓烟散尽，人们挣扎着起身，明月在天，地上一片狼藉，眼前已经没有尽堂杀手的踪影。

十七

阿南一口气出了少林寺，寻了个偏僻的山洞，帮那人接上下巴。

"穴道我就没办法了，等找到你们老大再说吧。他人在哪儿？"

那人哑声道："为什么救我？"

"一、我要找你们老大；二、告诉我真正的法见在哪儿。"

那人打量着她，小小的个子，粗布的衣裳，看上去原以为是个长相清秀的小男孩，细看却觉出一股异常神秘的风情，仿佛幽深雾障般引人入胜："你到底是什么人？"

"我叫阿南,你可以叫我莫夫人。"阿南从地上捡了块石头,边缘锋利,搁在他的脖颈上试了试,"我心地挺好的,所以愿意救你。可我的耐性不好,所以你最好不要让我等太久。"

那人轻笑:"若是怕死,我就不加入尽堂了!不管你是谁,休想从我这里得到一个字。"

"是吗?"阿南甜甜地笑了,看了看四周,拎起他,掠至一处大石上。

大石从山壁上突起,底下是绝壁和幽谷,在月光下望不到底。

长风凛冽,那人下意识想退后,可阿南没给他机会,在他身后推了一把。

"啊!"

他发出一声短促的惨叫,跌下去。

阿南轻盈地跟在他的身边。

他在跌落,但她却像是在飞翔,在他快落地的时候,她一把拎起他,朝前掠出十几丈,化解这下冲之势。

双脚再次踏上实地,那人全身都在颤抖,一个字也说不出来。

"很多人都以为自己不怕死,那是因为他们从来没有靠近过死亡。"阿南缓缓道,"现在,可以告诉我了吗?"

十八

少林寺逐客,山下的客栈里顿时住满了人,但有一家例外。

这是山下最好的客栈,也是最大的客栈,却只住了一位客人。

这回来的都是江湖豪客,哪一个是好说话的?撸起袖子就要去理论,但当看到门口停着的那辆豪华马车,大家都轻手轻脚地退了回来。

这位爷想包一间客栈，就包一间客栈，想包两间客栈，就包两间客栈，就算有一天，他想包镇上所有的客栈，大家也只有老老实实去农户家里睡柴房的份儿。

客栈的院子里种着一片竹子，在最好的厢房，从窗口一眼就可以看到这片竹林，以及悬在竹林上空的那轮明月。

现在就有人靠在窗边，长发未梳，水一样披在身上，面容却比月光更明亮，更动人，在世间千千万万女孩子的心里，他就是天上的明月。

"扑通"，一个人从窗口被扔了进来，直挺挺地躺在地上一动不能动，一看就是被点了穴道。

然后另一个人轻烟般飘进窗口，脸小小的，白白的，穿一身粗布短打，像一个农人家的小孩儿。

站在窗口的人看一眼地上那人，再看一眼面前这人："嫂夫人，你何时学会这般煞风景了？"

"没办法呀，他死也不开口，我只好一家一家来找了。"阿南叹了口气，"我还想拿死吓唬他，唉，怎么能忘了呢？在尽堂主人身边办事，可不就是每天都面对着死亡吗？"

百里无忧讶然："他是尽堂的人？"

"你还要装吗？尽堂主人。"

百里无忧越发惊讶："阿南，你在玩什么把戏？"

"百里，不要在我面前做戏，行南没来。"阿南轻声道，"我不想让他知道，他痛恨的尽堂主人，就是他的好朋友。"

百里无忧坐下来，提起茶壶，给自己斟了一杯，又给阿南斟了一杯："坐。"

他喝了口茶，晚风从窗户吹进来，宽大的袍袖鼓了风，发丝轻飘，整个人宛若谪仙，仿佛随时都可能乘着这阵清风重返仙界，他望着阿南，眸子里是如春水般的笑意："说说看，你怎么看出来的？"

"眼神。"阿南道，"相貌、身形、举止、声音，都可以改变，只有眼神，转盼之间偶尔的眼神，会泄露真相。"

她说着，轻笑了一下："百里，你生得比谁都好看，说话比谁都好听，可有时候，你悄悄地一抬眼，那种眼神，我很熟悉。从前，我偶尔对着镜子，在镜子里看到的，就是和你一样的眼神。"

冰凉的、对这世间一切不带一丝感情的眼神。

"哈哈哈！"百里无忧忽然大笑起来，笑得捂住肚子，笑得眼泪都出来了，笑得气喘吁吁，"知道我是尽堂主人，你还敢来找我？不怕我杀了你吗？"

"你杀不了我。"阿南不甚在意地道，"还有，我会为你保守这个秘密，只要你告诉我，真正的法见在哪里。"

"法见？那个一直骂你妖女的小和尚？你找他干什么？"

"送他回去。"

"送他回去？不是杀了他？"

"嗯。"阿南点头。

百里无忧讶异地看着她："阿南，你莫不是傻了？"

"百里无忧，当有一天，你懂得生命本身的重量，你便再也无法轻视它。"月光照着阿南的脸，她的脸上只有明月的清辉，"不要再杀人了。"

百里无忧看着她，月光悄然洒在竹叶上，风吹过，发出"沙沙"的声响。

"不知道为什么，听得我有点儿感动呢。"百里无忧眨了眨眼睛,"可是怎么办,要让我亲爱的嫂夫人失望了啊。"

他弯腰解开地上那人的穴道,顺便塞给那人一粒医治内伤的药丸,那人跪地:"少主,属下失职……"

"哪里,你已经装得很好了,看,把莫夫人都骗过了,她曾经可是尽堂第一杀手啊!"

百里无忧说着,用折扇敲了敲手心,门外几人鱼贯而入,都是黑衣蒙面,此时摘下面巾,全是年轻的面庞,拱手行礼:"少主。"

"很好。都回来了。罗汉堂可不是那么好对付的,我重重有赏。"

众人谢过。

百里无忧又问:"可曾发现大小姐的踪迹?"

众人摇头:"我们在山上山下皆安排人手,但没有人见过大小姐。"

百里无忧叹了口气:"唉,我这个姐姐啊。"说罢挥了挥手,"你们先回城养伤,若是长老们问起,就说我带你们替扬风寨出任务,碰上点儿麻烦。"

"是。"众人答应着,架起地上那位,一齐退了出去。

阿南完全怔住了,半天才想起还没有打听出法见的下落。

她身形一动,就要追出去,百里无忧拿扇子挡住她的去路:"放心,我不是尽堂主人,不会要人命,那傻和尚被我的人安置在一处山洞里,苦头是吃了一些,但绝对死不了。"

"这到底是怎么回事?"

古话说近墨者黑,阿南感到自己的脑子岌岌可危,已经掉落到和莫行南差不多的程度:"你不是尽堂主人?"

百里无忧懒洋洋地在窗前坐下，一笑："我堂堂娑定城少主，姬妾如云，奴仆无数，要什么有什么，得有多想不开，才会去做那见不得光的尽堂主人？"

阿南疑惑："可是，那封信……"

"我就知道是那封信露出了马脚，可是有什么办法呢？镜轮禅师带着整个罗汉堂，把央落雪守得密不透风，我实在是没招了，只好出此下策。"百里无忧说着，苦恼地叹了口气，"说来说去，这都是为了我家那个别扭的姐姐……"

十九

莫行南不知道，江湖上其实早就有一句流传甚广的话。

那句话说的是——

这世上，如果有人配得上百里无双，那一定是央落雪。

如果有人配得上央落雪，那一定是百里无双。

两个人一样骄傲，一样出色，那一年，在虚余寺一见之后，整个江湖都期待着他们谱出佳话。

"我觉得姐姐是喜欢央落雪的，可是她喜欢一个人，不会说，不喜欢一个人，也不会说。他们两个一直有书信往来，去年忽然中断了，姐姐把自己关起来铸剑，央落雪再也没有到过娑定城，还莫名其妙白了头发，我觉得一定有事……"

小半个时辰后，阿南已经和百里无忧一起，嗑了一整碟瓜子，阿南听得津津有味，很是投入："嗯嗯，然后呢？"

"然后我就决定想个办法试探一下我姐姐是怎么想的啊！"百里无忧道，"我到处散布尽堂要杀央落雪的消息，总有一两句会落进我姐姐耳朵里，然后我再趁央落雪到了少林寺之后，冒充尽堂动手。若是我姐姐对央落雪有意，一定会赶来救他，再不济，也会悄悄过来观望一下。"

阿南有点儿紧张："那她来了吗？"

百里无忧有几分丧气："你也听到了，目前还没有出现。"

"不知道央落雪是怎么想的……"

"谁管他是怎么想的？"百里无忧翻了一个白眼，"我姐姐是因为他才把自己关进北定楼，那是确凿无疑的。若她来了，说明心中还有他，若她不来，就说明央落雪对她来说，已经无关紧要，那样的话……"

他的神情一冷："假戏真做，杀了也无妨。"

阿南心中一颤，这眼神……这是尽堂主人的眼神。

可转眼之间，百里无忧就笑了，笑得如同春晓之花："哈哈，像不像？"

阿南很想打人。

"可话说回来，你们女人的直觉，真的很可怕，你虽然误会我是尽堂主人，但这里面的隐情，还真是被你猜得八九不离十。"

百里无忧说着，忽然正色对阿南道："嫂夫人，帮我一个忙好不好？"

阿南端起茶杯："我有条件。"

"自然自然，嫂夫人请讲。"

"早就听说你妙手无双，'一世无忧'的首饰万金难求，我要你帮我做一件小孩子的长命锁。"

"小孩子的长命锁，"百里无忧讶然地眨了眨眼，"阿南你……"

阿南脸上浮现淡淡的红晕："先别说，他还不知道。"

"可怜的行南……"百里无忧捂住心口,一脸沉痛,"怎么办?拉你下水,我觉得好生对不起兄弟,良心有点儿痛……"

二十

莫行南守在央落雪门口。

从阿南离开后,他就没有换过姿势。

他想不通阿南为什么要这样做,既然想不通,那便不想了。

他在等阿南回来。

镜轮禅师陪在他身边,几乎拿出了佛祖度人的耐心与气力:"莫少侠,你还没有看清她的真面目吗?那妖女和尽堂是一伙的,从来都是!你快快清醒,不要再被她蒙骗了!"

莫行南认真地看着他:"大师,阿南是我的妻子,你不要这样说她。"

"莫少侠!"镜轮禅师苦口婆心,"你侠义心肠,武功高强,前途无量,不要迷陷在情障里,耽误了自己啊……"

"吱呀"一声,身后的房门打开,央落雪的声音传来:"莫少侠,愿意进来坐坐吗?"

莫行南当然愿意,再在外面待下去,他怕控制不住自己的拳头。

镜轮禅师德高望重,一片好心,但他只盼着天上掉下点儿什么东西,堵上镜轮禅师的嘴。

厢房宽阔而清雅,案上是未烬的烛火和成堆的医书,长长的纸张连绵未裁,上面写满了字,看起来是各种病症和药方——外面的刀光剑影丝毫没有影响到央落雪。

明月形的窗子没有关,山风吹进来,异常凛冽,莫行南忽然发现,从这里望出去,可以看到那座开着桂花的山峰,站在那山峰上,想必也能看到这间屋子。

"心里面喜欢一个人,无论那个人做什么,是好是坏,是对是错,心里都是喜欢的。"

红泥小炉的炭火烧了一夜,已经快要熄灭,茶水还带着最后一丝余温。

央落雪给莫行南斟了一杯:"镜轮禅师不懂,因为他没有喜欢过别人。"

莫行南端着茶,茶很香。

可是,他想喝酒。

"有酒吗?"他问。

央落雪看了他一眼:"那边架子上。"

莫行南找到了,毫不客气地拍开泥封,"咕嘟咕嘟"灌下几大口。

酒气辛烈,直冲头颅。

就在这时,外面一片喧哗,镜轮禅师一声暴喝:"妖女,你还敢来!"

莫行南的脑子一阵晕荡,冲了出去。

几乎是同一时间,阿南同他擦肩而过,抓住了央落雪。

罗汉堂拦不住她,镜轮禅师拦不住她。

谁能拦住一阵风呢?

"阿南……"大概是很久没喝酒了吧,他的喉咙凝涩,他向她伸出手,"不要做傻事。"

"行南,你拦不住我的。"

阿南向他轻轻摇头,眼神中带着一丝爱怜。

一阵风过,烛火暗下去,当他再抬起头来的时候,屋子里已经没有了人。

镜轮禅师怒吼:"给我追!"

二十一

夜到了最深沉的时候,月亮挂在西天,像一只金盆。

如果此时云端上有仙人,就会看到一大拨人冲出少林寺,直奔后山。

在他们前面,一个穿短打的男孩子拖着个白发蓝袍的年轻人,那是阿南和央落雪。

在他们后面,跟着数量更为庞大的人群,那是一直守在寺外等待时机的江湖客。

一道人影最后冲出少林寺,先掠过江湖客,再掠过罗汉堂众高手,然后掠过镜轮禅师。

镜轮禅师大喜:"莫少侠,快去救央神医!"

两人悬崖峭壁上起落,身形就像鸟儿一般,后面的人看到这样的轻功,都叹为观止。

阿南轻功绝顶,但毕竟拖了一个人,内力又不足,速度渐渐慢下来。

莫行南越追越近,阿南最后在一处悬崖上停下,转过身来。

山风浩荡,她的发丝轻飘。

莫行南也站住了,凝望着她:"阿南,不要再往前了,我们回家。"

阿南摇摇头:"不成,我今天一定要杀了央落雪。"

"为什么?央神医救过我们!"

"行南,你不懂的。"阿南说着,扬声向他身后众人道,"全都站住!谁再踏上一步,我就叫央落雪死无全尸!"

她的声音清脆,深夜寂寂,整片山谷都是回音:"死无全尸……死无全尸……死无全尸……死无全尸……"

"妖女,你到底想怎样?"镜轮禅师金刚怒目,"你一错再错,不知悔改,你对得起莫少侠吗?"

阿南的目光落在莫行南身上,莫行南目光暗沉,脸上全是痛楚,她咬了咬牙:"行南,对不起。"

最后三个字一落地,她的手一推,身边的央落雪就像断了线的风筝,飘然坠了下去!

几乎是同一时间,莫行南一个箭步冲到崖边,顿也没顿,冲了下去。

"行南!"

阿南失色,跟着跃下。

山风猎猎,众人冲到崖边,山壁陡峭,月光照不到崖底,只见几个黑点子般的人影急速往下坠,转眼便消失了踪影。

二十二

风很大,压迫住鼻息,莫行南无法呼吸,不知道是因为下坠带来的疾风,还是因为心痛。

"行南!"

风里带来她的声音,长风鼓荡得衣袂猎猎作响,她轻轻盈盈地落到他身上,握住他的手。

"你怎么下来了?"

他想这样说,可是疾风催逼,无法说出口。

他想说的话还有很多,比如,你怎么干这样的傻事?你到底想做什么?你到底怎么想的?

千言万语,不如视线里这一张脸,他握住她的手,带她一起下坠,直到崖底相近,运起真气,斜斜掠出,人还没站稳,阿南已经扑进他怀里,把他抱得紧紧的。

"行南,你好傻,你为什么跳下来?"

莫行南长叹一声:"我不能让你做错事……就算你做了,我也要拦住你,就算拦不住你,我也得和你一起扛,阿南,阿南,你到底在干什么?"

阿南抬起头看着他,天要亮了,月亮落下去,东边泛出鱼肚白,山顶隐隐有一抹金光,他的脸就浸在这片金光里,璀璨生辉,像神佛。

她的神,她的佛。

行南,你早就拦住我了啊,在这世上,只有你拦得住我。

在恨与仇的路上拦住我。

在生与死的路上拦住我。

因为有了你,我再也不会做傻事了。

"别担心,行南,"她轻声道,"我没杀央神医。"

莫行南蓦地脸色大变:"央神医!"

阿南眼眶里有泪,脸上却忍不住笑了:"等你这会儿才想起央神医,央神医早摔成肉酱了。"

四下里鸟鸣幽幽,青山寂寂,除了他们两个,再没有别人的影子。

莫行南呆了:"这到底是怎么回事?"

"百里无忧跟我约好,我把人推下来,他会在下面等着。"阿南微笑道,"只是我不知道,真正救央神医的,是百里姐姐,还是百里弟弟。"

二十三

现在,还有另一个人等他们去救。

拿着百里无忧画的地图,阿南同莫行南,满山遍野找一个"门口有两棵歪脖子树"的山洞。

"一幅地图都画不清楚,百里无忧的首饰真的有人要吗?"阿南一夜没睡,早饭又没吃,心里上火,一脸怀疑。

"咦,对,百里这小子会做首饰,阿南,你喜欢什么样的?我抓他给你做。"

莫行南却神清气爽,听完事情的来龙去脉,他的心安安稳稳地放回了肚子里。

啊,这个世界不需要太喧闹,人生不需要太刺激,只要阿南老老实实待在他身边,他就可以安安稳稳活到九十九。

说到这个,阿南停下了脚步:"行南……"

她声音轻轻,目光柔柔,她有话想说。

"啊!歪脖子树!"莫行南大叫一声,跳了起来。

两棵歪脖子树就在不远处,树下掩着一个山洞,洞里关着一个小和尚,五花大绑捆在大石上,形容憔悴。

莫行南就要进去,阿南示意他等一下,从怀里掏出一只瓶子,把里面的东西往莫行南身上洒。

"这是什么?"

"新鲜鸡血。"阿南脸色很不好看,这气味让她的胃一阵阵翻腾,强忍着吐出来的冲动,她把剩下的抹在自己身上,两个人遍身鲜血，看上去像是厮杀了一整夜。

"好了，去吧。"

莫行南不明所以，同她一起进去。法见见了她，大惊失色，逃又逃不走，只有破口大骂："妖女！要杀要剐有本事直接来，把我绑在这里算怎么回事？有本事杀了我！还有你，莫行南，好，好，好，你们一起来杀我了，要头一颗，要命一条，你们杀了我吧，杀了——"

他的话没说完，因为莫行南解开了绳子，背起了他。

法见噎住了，声音弱了一点儿，"你……你们想干什么？"

阿南淡淡道："我是妖女，他是帮凶，当然是把你拿去千刀万剐。"

莫行南道："阿南，别吓他。"

"我们出生入死来救他，还要挨骂，吓几句不行吗？"阿南说着，忽然脸色煞白，捂住嘴，反身往洞里走。

"阿南！"莫行南扔下法见就跟过去。

法见摔得头晕眼花，眼前直冒金星，不知道洞里发生了什么，只听莫行南迭声道："怎么了？怎么了？怎么会这样？阿南你很难受吗？"

声音里全是担忧与惶急。

法见想到两人那一身的血迹……想必是，很严重的伤吧？

好半晌，莫行南抱着阿南走了出来，阿南在他怀里，有气无力，脸色苍白。莫行南向法见道："法见师弟，你能自己走吗？阿南她……"

"我……我可以……"法见勉强扶着山石站了起来，阿南从怀里掏出一只水袋递给他，法见犹豫了一下，接过水袋，犹豫了一下，低声道："多……多谢。"

阿南扬了一下眉，还想来一句"你说什么？大声点儿听不见"，收到莫行南一记警告的眼神，便乖乖把头靠在莫行南身上，不出声了。

二十四

镜轮禅师在禅房内来回踱步，有点儿烦恼，不知道该如何面对莫行南，以及那位……那位……呃……

方丈就坐在一旁，案上是一封拆开的书信，来自百里无忧。

百里无忧说他和莫氏夫妇一起布了个局，故意推央落雪下山，其实是引蛇出洞。在山崖底下，他们已经重创了尽堂主人，而央落雪则安然无恙，正在山下小镇上歇息。

此时门外弟子来报，说法见师兄回来了。

法见带着一身憔悴和一脸五味杂陈的表情进来："回禀方丈，回禀师父，是，是莫少侠……莫少侠夫妇救了我。"

镜轮禅师踱来踱去的脚步顿住："那莫少侠……莫少侠夫妇在哪里？"

"他们说眼下有事在身，来不及同方丈和师父辞别，改日再来请罪……"法见说着，忽然，"哇"的一声哭出来，"他们受了好重的伤，师父……他们为了救我，受了好重的伤……"

二十五

莫少侠夫妇确实有重要的事，他们必须换下这身衣服，因为阿南受不了这身血腥味，片刻都受不了，随时都会呕出来。

于是他们回到后院厨房，换了身衣服，阿南还拿了罐糖桂花。

拿了糖桂花，不免就想到了大师傅，厨房里只剩几个打杂的小沙弥，寺里发生了如此大事，大师傅跑到前面看热闹去了。

莫行南看到糖桂花，却想到了另一样东西。

酒。

央落雪房里的酒。

央落雪不在，尽堂也不会复来，西院的守卫散尽，莫行南摸到那坛子酒，仰起头，一口气喝了个痛快。

天色彻底放明，朝霞涌上峰顶，整座山头都浸在一片红晕霞光里，一道红色的人影临风而立，衣袂飘飘若仙。

莫行南放下酒坛，待要看个仔细，一眨眼，人却又不见了。

莫行南揉了揉眼睛："咦？"

"怎么了？"

"我方才好像看到那边山头有人……大概是眼花了。"

"嗯，一晚上没睡，我困死了。"

"回去睡他个三天三夜。"

"才不要。"

两个人手挽着手，从厢房的窗子里跳了下去。

二十六

山下的客栈里，央落雪兀自昏睡。

"他被某人点了穴道，我不敢解，只有守着等他醒。"

百里无忧折扇遮面，幽幽道。

"又遮这劳什子干什么？牙又疼了？"

莫行南还没动手，百里无忧已经远远退开："不关你的事。"

可惜他再快，也比不上阿南，阿南虽抢不下他的折扇，却从旁看到了他的脸,吃惊地捂住了嘴:"天哪,谁这么狠心?居然对你下这种狠手?"

扇子底下,百里无忧如花似玉的一张脸,被揍得鼻青脸肿。

"还有谁?"百里无忧一脸幽怨,不过转而又笑了,他笑起来,眼睛便如春水般温软明亮,"这下总算知道姐姐的心思了,嗯,不亏!"

阿南和莫行南互相看了一眼,脑子里都想到四个字:活该,找打。

两人在客栈同百里无忧告别,走出一阵,莫行南忽然掉转马头:"糟糕,忘了抓那小子给你做首饰——"

"不用了,"阿南拦住他,秋日的阳光明明净净,像是水洗过一样,照得人纤毫毕现,"他已经答应给我做另一样东西了。"

"什么东西?"

阿南看着他。

秋风微微,秋阳正好。

天也温暖,地也温柔。

天与地都在小心呵护,她腹中那一点小小的生命在萌芽。

"行南,你想不想当爹?"

莫行南抚额:"天哪,你又来!"

阿南的手放在自己的小腹上,动作轻柔得不能再轻柔,心中软和得不能再软和,她轻声道:"再过八个月,不,可能是七个月,行南,你就要当爹了。"

莫行南脸上还是那副哭笑不得的神情,因为,一时没有反应过来。

当他终于听懂了她话里的意思,整个人好像忽然傻掉了,呆呆

小剧场·糖桂花

地看看她,又看看她的肚子,喉头干哑:"阿南,你……你……你是说……"

"对。"阿南重重地点点头,眼睛里的泪水直冲下来。

啊呀,不应该是这样,她计划过好几遍,要做一桌子他喜欢的饭菜,准备一大坛他喜欢的酒,正正经经、认认真真地告诉他这个消息,而不是像现在这样,就在大路边,就在马背上……

泪水一个劲儿地滑落,擦完又掉,她又是哭,又是笑:"行南,你要当爹了,我要当娘了,我们的阿轻,已经在我肚子里做窝了!"

"啊!"

莫行南大喊一声,从马背上腾空而起,跃上旁边的屋顶,大叫:"我要当爹了!"他几个起落,落到更高一点儿的树上,"我要当爹了!"

"我要当爹了!"

"我要当爹了!"

"我要当爹了!"

那么大个人,像个猴子一般,在镇上如风一样上蹿下跳,若是可以,只怕要蹿上云端。

他满镇子蹿了一遍,回到阿南身边,阿南坐在马背上看着他,拿衣袖替他拭额角的汗珠。

莫行南轻轻地、轻轻地伸出手,放在她的肚子上,好像生怕弄疼了她,连声音都不敢大一点儿:"阿南,我要当爹了。"

阿南点点头,奇怪地,眼泪又掉了下来,被阳光照得五彩分明。

她深深地吸了口气,拍拍他的脸:"对,你要当爹了,我要当娘了，傻行南，我们回家吧。"

再不回家，整个镇子的人都要出来看热闹了。

"当爹了了不起啊……"

镇上最大的客栈里，靠在窗前的绯衣公子纸扇掩面，懒洋洋，略带一丝不满："谁不会当爹似的……"

榻上，白发的央神医睁开了眼睛。

眼睛睁开前，眼帘上仿佛还有一片红光。

他看到了，那一袭红衣。

她来过。

尾声

一个月后，少林寺的大师傅背着一堆瓶瓶罐罐——全是他的独门作料——来到扬风寨。

镜轮禅师说莫夫人很喜欢他的手艺，现在又有了身孕，让他来一趟。

可问题是，大师傅从来不认识什么莫夫人。

但不管怎样，镜轮禅师既然开了口，他就来了。跟着扬风寨弟子进了大厅，只听一阵爽朗的笑声："大师傅，别来无恙！"

后堂转出两个人，左边是个男子，高大挺拔，浓眉大眼，小心翼翼地扶着身边的女子，那女子个子小小的，温柔娇俏，对着大师傅抿嘴一笑。

大师傅险些抱不住调料罐子："小……小力？"

后来，大师傅留在了扬风寨。

再后来，大师傅有了一个干孙子叫阿轻，不久之后，又有了一个干孙女叫阿裳。

　　天气好的时候，两个小孩儿就在门前玩，两个人脖子上都挂着一副亮晶晶的长命锁。

　　一个刻着"长命百岁"，一个刻着"岁岁平安"。

　　大师傅从来不知道这两副锁有多值钱，两个小孩儿就更不知道了。

　　他们只知道，院子里晒着满满的桂花，不可以把沙子玩到花里去。

　　炊烟袅袅，岁月悠悠。

　　又到了做糖桂花的时候。

——完——

2018年7月
江南晚来客，红线结发梢

继《一两江湖之琵琶误》《一两江湖之望星记》之后
新武侠作家 **一两** 再度提笔
古言新作重磅来袭

江南小筑的
一缕红线
连接着江湖与朝堂
都市与山野

随书赠送：红线编织教程